왜 나는 소리가 나지 않느냐

송하춘 산문집 **왜 나는 소리가 나지 않느냐**

1판 1쇄 펴낸날 2021년 2월 19일
지은이 송하춘
펴낸이 이재무
책임편집 박은정
편집디자인 민성돈, 장덕진
펴낸곳 (주)천년의시작
등록번호 제301-2012-033호
등록일자 2006년 1월 10일
주소 (03132) 서울시 종로구 삼일대로32길 36 운현신화타워 502호
전화 02-723-8668
팩스 02-723-8630
홈페이지 www.poempoem.com
이메일 poemsijak@hanmail.net

송하춘ⓒ, 2021, printed in Seoul, Korea

ISBN 978-89-6021-542-9 03810

값 12,000원

송하춘 산문집

왜 나는 소리가 나지 않느냐

책머리에

내 소설은 그놈의 알량한 시심詩心 때문에 망했다고
하여 세상에 아름다움처럼 천박한 것은 없느니라고
나는 골백번도 더 후회하고 반성해 보지만
이미 때는 늦었다.

2021 . 2.

家在南川人

차례

산문투성이 시인

왜 나는 소리가 나지 않느냐

수사修辭로서의 시: ㅡ「동천冬天」

산문투성이 시인

왜 나는 소리가 나지 않느냐

대장간의 유리 풍선

옛날 이리역에 내리면 학교는 남중동에 있었다. 역 광장을 벗어나면 나는 곧바로 시공관 가는 큰길로 가지 않고 중앙시장 길로 걷질러 가기를 좋아했다. 철인동이라고도 하고, 북창동이라고도 하는 경계가 애매한 골목길을 가다 보면 삼남극장 뒷길로 풀무질하는 대장간이 있었는데, 그 때는 물론 그것이 대장간인 줄을 몰랐다. 건물이랄 것도 없었다. 멀쩡한 집을 일부러 헐어낸 것처럼 엉성한 양철 껍데기로 하늘을 가리고, 하늘 아래 하늘을 떠받치고 서있는 네 개의 나무 기둥이 건물의 전부였다. 6 · 25 전쟁 직후 가난

해서 그랬던지, 아니면 불을 다루는 곳이라 일부러 천막을 벗겨 내서 그랬던지, 까닭은 알 수가 없다. 황토 흙을 뭉개어 바른 부뚜막에서는 새빨간 조개탄이 들끓고, 홀라당 웃통을 벗어버린 윤기 흐르는 피부의 아저씨들이 긴 대롱을 불어 남포(램프)불 호야(유리병)를 만들고 있었다. 입에 물린 긴 대롱을 하늘에다 대고 후우- 불면 대롱 끝 허공에서 피워 내는 동그란 유리 풍선이 어찌나 재미있던지 아, 어렸을 때는 집에서 비눗방울을 만들며 놀고, 어른이 되면 이런 데 와서 유리 풍선을 불면서 노는구나. 훗날 어른이 되면 나도 이런 데 와서 유리 풍선을 불며 놀 줄 알았다.

중고등학교 6년을 꼬박 기차 통학을 했다. 언젠가 기차를 타고 가면서, 형은 그때 고3이었는데, 그날 나는 처음으로 형에게 대장간 이야기를 들려주었다. 가 봐! 재미있어. 같이 가볼래? 형은 가고 싶어 하지 않았다. 그 대신 엉뚱한 말로 나를 무시했다. 너는 천생 문과나 가서 시나 써야 쓰겠다. 나는 그때 그 말이 무슨 말인지 몰랐다. 고등학생이 되어 한창 문과냐 이과냐를 가르는 시기였던가 본데,

불판 위에서 찍어 나르는 액체의 성분이 무엇인지가 궁금할 나이에 유리 풍선이나 불고 싶어 하다니 과학자가 되기는 글렀다는 말이었을 것이다. 형은 시인을 깔보는 것 같았다. 나는 지금까지도 그 성분이 궁금하지 않거니와 알려고도 하지 않았다. 그때 만일 그것이 궁금했더라면 나는 지금쯤 무엇이 되었을까. 여기 내 자작시 한 편을 꺼내어 그때의 나를 돌아본다. 같은 방식으로 이 책에 수록된 시편들은 모두가 내 미발표 자작시임을 밝혀 둔다.

학교에서,
비가 와야 꽃나무가 쑥쑥 잘 자란다고 배운 그날 밤
우리 집에도 참말처럼 비가 다녀갔다.

상추도 아욱도,

밤새 수북이 자라 밭고랑이 넘친다.

비도 학교도,

꽃나무가 쑥쑥 자라고 싶어 하는 걸 어떻게 알았을까.

해바라기는 채송화는,

또 우리 집에 가랑비가 다녀간 줄을 어떻게 알았을까.

어둠 속 처마 끝에 선 소년은,

손가락 사이에 끼인

넋 놓고 빗소리에 맡겨 둔

커가는 것들,

보이지 않는 눈곱만큼씩 눈뜨는 사랑 무서워

으스스 진저리치듯 어깨 한번 치떨고

밤새 훌쩍 커버린 소년은.

―「소년은 자란다」

왜 나는 소리가 나지 않느냐

누가 날아가는 새의 수컷을 보았다 하는가

1955년 정음사 판 윤동주 시집 『하늘과바람과별과시』
의 표지화는 수화樹話 김환기 화백의 솜씨로 꾸몄다. 화폭
전체가 하늘과 땅과 바다를 가르듯 느슨한 화필이 가로로
두 번 지나가고, 그 위에 다시 둥글넓적 빈대떡 같은 원을
포개어 그것이 별도로 하늘과바람과별과시의 세계임을 암
시한다. 지상에서는 하늘 닿게 긴 꽃대가 자라 빨간 연꽃이
피고, 오색찬란한 구름이 흐르고, 꽃보다도 구름보다도 더
큰 새 한 마리가 날고 있었다. 말하는 사이 새는 어느덧 화
폭 전체의 메인캐릭터가 되어 원의 중심을 차지하고 있었

다. 새는 몸통도 없이 커다란 날갯죽지로만 자신이 새임을 자랑한다. 시늉으로나마 부리도, 꽁지도, 다리도 달려 있기는 하다. 그렇지만 정작 있어야 할 몸통이 보이지 않는다. 날개 너머 보이지 않는 곳에 몸통은 숨겨 두었을 것이다. 새는 날짐승의 대표이고, 날짐승의 상징은 단연 날개이다. 그릴 것만 그리고, 그리지 않아도 될 것은 그리지 않는 것이 화가의 생리이거늘 그것이 바로 김 화백이 몸통을 그리지 않은 까닭이리라. 몸통을 그릴 자리에 죽지를 그려 새의 새 됨을 말하고자 한 김 화백의 의도를 나는 안다. 알기 때문에 나는 숨겨진 몸통을 통해 몸통 이상의 생명력을 상상한다. 그 안에 새의 피가 흐르고, 심장이 벌렁거리고, 마음이 우러나고, 그리움이 싹트고, 새끼를 배고, 수컷을 자랑하고, 암컷을 은폐하고…… 김 화백은 그러나 그 모든 것을 생략한 채 그 자리에 가벼운 깃털을 그려 넣는 것으로 함구해 버린다. 가장 가벼운 깃털 하나로 가장 소중한 몸통을 가릴 줄 아는 김 화백의 그것은 예술이다. 누가 날아가는 새의 수컷을 보았다 하는가. 수컷은 다만 존재할 뿐 그리지 않는 법이다. 화폭에 담아 노출되는 순간 숨겨진 것에 대한 신비한 생명력이 소멸되기 때문이다. 멋쟁이 화가는 날아가는 새의 수컷을 그리지 않는다.

나이를 먹어도 어머니 아버지는 보고 싶다. 자고 나면 잊어질 줄 알았더니 다시 저물어도 잊히지가 않는다. 깃털을 그려 새의 몸통을 가리듯, 나는 나의 무엇을 그려 어머니 아버지 보고 싶은 마음을 가릴까. 지금도 먹을 갈고 계실까? 처음에 아버지가 먼저 가셨을 때는 그렇게 모습으로 보고 싶더니, 나중에 어머니마저 가시고 나자 두 분 지금쯤 만나셨을까? 이번에는 안부가 궁금하다.

나 타클라마칸사막을 건너 서으로 가마.
너 타클라마칸사막을 건너 동으로 오라.
너 오다가 저물거든 천산의 북로에 들라.
나 가다가 저물거든 천산의 남로에 들마.

　은하에 별 널리듯 들국菊은 피고, 걷다가 꿈길 걷다가 국
화꽃 하늘가 북두칠성 비치거든, 아야 고개 빠질라 일곱 별
자리마저 다 헬라 말고, 바람 끝 스친 자리 놀면 가면 하늘길
해찰하다가, 소매박적 한 귀퉁이 남은 슬픔 달빛 되어 고였거
든, 원왕생! 원왕생! 손 모아 하늘 닿게 빌다 가거라.

　너 바람 되어 정토에 놀면, 그때는
나 머리에 흙먼지 이고 여기 비단을 팔마
　　　　　　　　　　　　　　　　　—「사친음思親吟」

왜
나
는
소
리
가
나
지
않
느
냐

16

파바로티와 콩나물 대가리

　　루치아노 파바로티가 악보를 볼 줄 모른다더라! 악보를 못 읽는다더라! 이런 소문은 헛소문인 줄 알면서도 들을 때마다 쿨하다. 헛소문이 아니라 진짜라면 더욱더 쿨할 것이다. 파바로티의 이 소문이 너무도 신선해서 나는 그만 그 뒷말 듣고 싶지 않았다. 알면 내 안에 살아있는 어떤 파바로티가 깨져서 엄청 실망할 것 같았기 때문이다. 나는 아직도 내 안에 악보를 못 읽는 파바로티를 간직하며 살고 있다. 파바로티는 소문대로 진짜 악보를 못 읽었을지도 모른다. 배우지 않았으면 모를 수도 있지 않은가. 배우기 전에

17

이미 노래를 더 잘 불렀으면 배울 필요가 없지 않은가. 배워서만 잘한다기보다 배우지 않고도 잘한다니 그러면 됐지 않은가. 파바로티에게 악보란 그의 노래를 옮겨 적은 콩나물 대가리에 불과하다. 악보 속에 노래가 들어있지 않고, 노래 속에 악보가 들어있다. 음악을 듣고 싶으면 먼저 귀를 닫고 귀를 열라는 말이 있다. 음악이란 이런 것이다, 라는 선지식을 버리고 그냥 들리는 대로 들으라는 말일 것이다. 시를 문자로 옮겨 적으면서부터 시는 망하고, 음악을 악보로 옮겨 적으면서부터 음악은 망했다. 문자란, 당대를 사는 사람들끼리 그렇게 하자고 약속한 기호에 불과하다. 그러니 내 안에 넘치는 기쁨과 분노와 슬픔과 즐거움을 제한된 기호로나마 재구성하는 불편이 오죽하겠는가. 시인이 시를 써놓고 자신의 시에 만족하지 못할 건 당연하다. 자신의 언어에 배반당한 슬픔을 견디며 살 수밖에 없는 것이 시인의 운명이다. 하물며 콩나물 대가리에 배반당한 슬픔을 견뎌야 하는 음악인들 오죽하겠는가. 시인은 문자를 부려 시를 쓰고, 스스로 문자 안에 갇힌 것을 슬퍼한다. 음악은 콩나물 대가리를 부려 음악을 만들고, 스스로 악보 안에 갇힌 것을 슬퍼한다. 파바로티가 악보를 보든지 말든지 그건 내 알 바 아니다. 음맹이 아닌, 파바로티의 음악을 나는 사랑할 뿐이다. 루치아노 파바로티가 나는 그냥 좋다.

가까운 바다 앞에 설 때마다 나는 섬에게 달려가고 싶은데, 섬은 내게로만 오고 싶어 한다. 먼바다로 나가면 섬이 없다. 그래도 어떻게 거기 섬이 있는 줄을 알고 찾아갔을까. 보이면 간다. 가까운 바다에 떠있는 섬을 찾아가면 그 너머 섬이 보이고, 그 섬을 넘어가면 다시 그 너머에 섬이 있고, 우리는 늘 보이는 데까지만 가는데 결국은 보이지 않는 섬까지 간다. 섬은 늘 우리를 기다린다.

섬은
물 위를 떠가는 구름 그림자.

흐르는 만큼씩
하늘은 멈춰 흐르고

넘치는 만큼씩
바다는 비어 넘치네.

바다 닮은 하늘은 머리에 이고
하늘 닮은 바다는 발아래 깔고

솔바람 이는 물가에 서면
나는,

어디론가 달아나고만 싶은
또 다른 바람이고만 싶은

섬은 그렇게 아직은 못다 부른
내 마지막 절창絶唱 같은 것.
　　　　　　　　　　　—「섬」

영변에 약산 호랑이는

　우리 선생님 마지막 유명의 길바닥에 눕혀 드리고, 봉분 나지막이 덮어 다독거리며 눈물 참는데, 하늘 보는데, 이제는 하직하자! 무릎 꿇고 재배 올려라! 향불 사르고, 평토제 지내는데, 얼굴도 모르는 내 증조할아버지쯤 살아 오시어 집례 하시는데, 그분 조백이 어찌나 환하고 경위가 바르신지, 저분 누구세요? 시인 전영경全榮慶. 네? 요강뚜껑으로 물을 떠먹던? 주막동인? 김산월여사는 배가 불렀다? 이북에서 피난 내려와 외로워 술 고프니까 주막이나 열고, 인생 같은 어지러운 노래나 부르던 술꾼들인 줄 알았더니,

아! 지킬 것 다 지키고 살았구나! 훤히 다 꿰고 계셨구나! 산신山神도 감동허겄다. 지신地神도 탄복허겄다. 마지막 친구 보내는 예가 이렇듯 깍듯하니, 세상 사는 법도야 오죽했겠는가. 선생님은 쌍소리 시인이에요! 아니야 나도 서정이 있지! 달빛 고인 물에 눈물 뿌리고! 이건 경이驚異다. 김산월 여사의 시인을 우리 선생님 떠나보내는 마지막 자리에서 뵌 것도 경이롭고, 술잔 속에 녹아 흐르던 동떨어진 시와 인생이 경이롭고, 몰래 숨겨 두었다가 마지막 가시는 길 맡기고 떠나는 두 분 우정이 경이롭고, 아! 예전엔 미처 몰랐던 아름다운 이름 정한숙鄭漢淑!

영변에 약산 호랑이는 진달래 먹고
진달래 먹던 산 그리며 취하십니다.

가시는 걸음걸음 굽은 그 길을
굽어 살기 싫다고 술 마십니다.

─풀만 먹고 자란 미욱한 짐승입니다.

호랑이 굴에 키우면 호랑이 되어 나올 줄 알고
애써 사납던 거두심 눈물 납니다.

누구 닭 벼슬 보자고 양계하는 줄 아느냐.
이 가운데 행여 봉황이나 한 마리 섞여 나올까 하였더니

지성의 뒷모습은 위선이더라! 한숨짓던
정직한 야성입니다.

추석 쇠고 오겠습니다.
그러지, 하고 보내놓고는 그날로 가셨습니다.

구월산 어디 들어계시다는 수염 까만 당굴어미 되어
눈 떠보니 보이지 않습니다.

─「영변에 약산 호랑이는」

평생을 물에 뜨지 않는 배만 만들다가

엄청난 이론과 기술과 자본과 인력과 시간을 투자한 끝에 어쨌든 배는 완성된다. 배가 완성되면 진수식을 거행한다. 그동안 작업을 하느라고 도크 앞에 장벽을 쳐두었으니까, 이제 그 장벽을 열어 도크 안에 물이 가득 차오르면 배는 물 위에 떠서 먼바다로 나아가는 것이다. 모든 배가 다 그렇게 물 위에 떠서 바다로 나아갈 수만 있다면 얼마나 좋겠는가. 불행하게도 물 위에 뜨지 않는 배가 생긴다는 건 슬픈 일이다. 배는 배인데 물에 뜨지 않는 배, 그것은 다시 그만한 시간과 돈과 인력을 투자하여 해체되고, 다시 험난

한 공력을 들여 배 만들기를 시작하고, 다시 띄워보고, 뜨지 않고, 그렇게 만들고 부수기를 수없이 반복하지만, 지금까지 배 만들기를 포기한 목수는 없었다. 우리 아버지는 평생을 물 위에 뜨지 않는 배만 만들다가 늙어버렸다고 하면서 그의 아들이 다시 배 만들기를 시작하는 것이다.

생애 통산 두 가지 큰 자랑거리를 갖고 있다. 하나는 태평양 횡단이고, 하나는 사하라에서의 일박이다. 한번은 우리 집에서 동쪽으로 떠나고, 한번은 우리 집에서 서쪽으로 떠났다. 두 행보의 양쪽 끝을 맞추어 접으면 지구를 한 바퀴 돈 셈인데, 중간에 대서양이 빠졌으니 그렇지는 않다. 사하라도, 태평양도, 다녀왔다는 것 말고는 아무것도 자랑할 것이 없었다. 없는 만큼 무엇을 자랑할까, 아직도 궁리 중이다. 모래알만큼이나 많은 사하라의 것들 가운데 아주 작은 운석隕石을 한 점 주워왔다. 딱히 별똥별인지 껌딱지인지도 모르겠고, 그냥 그 숱한 모래알 속에서 모래와는 다른 모습의 어떤 돌붙이가 눈에 띄기에 집어 들었을 뿐이다. 돌의 빛깔이 여느 모래알과는 달랐다. 흑사막의 검은 화강

석도 아니고, 백사막의 하얀 석회암도 아닌, 기어코 갖다 붙이자면 식은 팥죽색이라고나 할까. 생긴 것이 유별나 볼 품이 있는 것도 아니고, 가볍기가 허깨비 같아 돌의 품위를 갖춘 것도 아닌데, 그 돌이면서 돌 아닌 귀물에 나는 현혹 되었다. '알라가 씹다가 뱉어낸 껌'이라고나 할까, 하다가 도 이것이 사하라의 한 조각이거니 생각하면 버리지 못한 다. '돌의 내력'을 시라고 써서 A4 용지에 타이핑하고, 그 위에 매미 앉은 자리처럼 '껌딱지'를 붙여, 그것이 마치 내 사하라의 '자화상'인 양 벽에 걸어두고 보는 중이다.

White Desert National Park, Sahara, Egypt에서
하룻밤 별 이불 아래 눈 떠보는 태초

햇살은 눈이 부시고 약속처럼 사막은 목이 타는데, 오늘은
웬일로 사하라의 언덕을 홀로 소요하시다가
이 기막힌 인연을 이루시느뇨.

흑사막의 검은 화강석도, 백사막의 하얀 석회암도 아닌
이방의 크림슨, 그 돌이면서 돌 아닌 너는
차라리 알라가 씹다가 뱉어낸 껌!

하늘 아래
어느 것 하나 사하라 아닌 것 있을까.

그렇게 점 하나 찍다 가는 것을!
점 하나 찍고 마는 것을!

내 마지막 육신을 거두어 철수하는 날, 우리
인연조차 함께 거둘까.

모래사막을 걸어 들어간 짐승이
어찌 살아 나올 줄은 알던가.

남은 사하라는 죽어서나 보기로 하지.

—「사하라」

바다 한가운데 서다

할아버지는 나 다섯 살 때부터 김시습을 흉내 내어 천자문千字文을 읽혔다. 하늘 천天 따 지地를 또박또박 짚어주던 할아버지의 댓가지 회초리를 나는 지금도 기억한다. 천지天地가 현황玄黃하고, 우주宇宙가 홍황洪荒하다를 배운 것은 한참 뒤였다. 하늘 천天 따 지地로 천자문이 열리듯, 나의 세상도 그렇게 현황玄黃하고 홍황洪荒한 상태로 처음 다가왔다. 이육사의 '까마득한 날에 하늘이 처음 열리고, 어디 닭 우는 소리 들렸으랴!'도 아마 비슷한 경지였을 것이다. 춘향전이 즐겨 쓰던 '계명성鷄鳴聲이 들렸느냐'의 닭 우

왜 나는 소리가 나지 않느냐

는 소리와는 차원이 사뭇 다르다. 세상에서 가장 멀고도 깊고도 넓고도 거칠다는 태평양을 한번 나가 보는 것이 꿈이었다. 새천년을 맞이하고 지난 천 년을 마감하는 1999년 10월 9일 나는 마침내 해군 함정에 의탁하여 바다로 나간다. 그날 나는 어느새 태평양을 달리는 나를 발견한다. 햇살 투명한 서해대誓海臺 앞에서의 가슴 설레던 첫 출항을 나는 지금도 잊지 못한다. 아는 사람은 알 것이다. 바다 한가운데 선다는 것이 얼마나 막막하고 두려운 일인가를. 아무것도 없는 텅 빈 바다라는 말이 도대체 무엇을 의미하는지를 겪어보지 않은 사람은 모른다. 장자莊子의 '소요유逍遙遊' 한 구절을 그냥 따라 외우는 수밖에. '북명北溟에 유어有魚하니 기명其名이 곤鯤이라!' 곤鯤이 변하여 새가 되면 그 새를 붕鵬이라고 하는데, 날개를 펼치면 길이가 몇 천 리나 되는지 모른다. 한번 노하여 날면 날개는 하늘에 드리운 구름과 같고, 바람이 일면 붕은 그 바람을 타고 남쪽 바다로 날아간다. 나는 어느덧 한 마리 붕새가 되어 하늘과 바람과 바다뿐인 우주를 훨훨 날고 있었다. 눈길 닿는 데가 다 태평양이었다. 있는 것이 다 태평양이었다. 바닷고기를 용납하지 않을 만큼 물이 깊었다. 물고기가 없으니 태공들이 찾아올 리 만무하고, 태공들이 찾지 않는 바다를 갈매기는 날아 무엇 하리! 어족도, 어부도, 갈매기도, 태평양은 없는 것 천지였다. 어디다 내 몸을 둘까. 어디로 내 향을 두를까. 천지天地가 현황玄黃하고, 우주宇宙가 홍황洪荒하니. 하늘 천天 따 지地 검을 현玄 누르 황黃 집 우宇 집 주宙 넓을 홍洪 거칠 황荒……

태평양은
태평양은……

왜 나는 소리가 나지 않느냐

나는 다시

할아버지의 천자문을 꺼내 외우는 수밖에

하늘은 아득하고 땅은 누렇고

하늘의 집은 드넓고 땅의 집은 거칠다는데

나의 태평양은

하늘과 땅 사이를 구르는 작은 물방울이어라.

눈뜨면 사라질

어둠이어라.

태평양은……

—「태평양」

Mubuloeso

종로에 작은 책 읽는 공간을 마련하여 소호巢號를 Mub-
uloeso라 하였다.

Mubuloeso를 한자로 쓰면 무불뢰소無不惱巢가 된다. 무
불뢰無不惱는 풀이하면 '고뇌가 없지 않다' 정도가 될 것이
다. '고뇌가 없지 않다'라는 말에다가 '작은 둥지' 소巢를 붙
이다 보니 그렇게 되었다. 옛 프로이센의 프리드리히대왕
은 포츠담에 궁전을 지어 Sans souci라 이름 하였는데, '상
수시'는 프랑스어로 '근심이 없다'는 뜻이다. 국가와 민족을
위하는 큰마음이 걱정이고 근심일진대, 상수시의 주인이라

고 어찌 그것들로부터 자유로웠을까. 걱정 근심이 없지 않기로는, 그것이 단지 사사로울 뿐 나 또한 프리드리히 못지않은 사람이다. 나이 들어 언젠가 할 일을 내려놓고 나면 나는 비록 시중이나마 작은 둥지 속으로 들어가 시어은市於隱의 즐거움을 누려야지, 하고 별렀었다. 오늘 마침 작지만 그 꿈을 이루어 소호를 짓고자 하는데, Sans souci가 큰 역할을 하였다. 상수시의 '근심 없음'은 대왕의 소망일 뿐 실제가 아님을 내 어찌 모르겠는가. 나는 오히려 대왕의 '근심 없을 리 없음'에 착안하여 나의 실체를 무불뢰無不惱라 파악하였다. 無不惱를 Mubuloe로 표기한 것도 또한 대왕의 영향이니, 발상의 연원을 서양에 두고 있음이다. 이에 몇 자 내력을 적어 소호기巢號記를 대신하니, 無不惱巢/Mubuloeso, 그것은 포츠담의 궁전만큼이나 크고 사치한 나의 우주다.

둔황燉煌을 보러 갔다가 뜻밖에 명사산鳴砂山을 보고 왔다. 모래가 울음을 울다니, 내가 모래 울음소리를 듣다니, 나는 그것이 참 신기했다. 둔황燉煌은 아무것도 기억이 없는데, 명사산은 나로 하여금 뭔가를 자꾸만 생각하게 했다.

둔황燉煌이 내게 역사라면, 명사산은 시라고 생각한다. 귀신이 곡哭할 노릇이었다.

숲은 새소리가 듣고 싶어서
숲속에 둥지를 틀고

모래는 모래 울음소리 그리워
모래언덕에 토굴을 파고

머리 깎고 산으로 들어갈 수 없는 나는
사람 사는 마을에 토막을 지으니

왜 나는 소리가 나지 않느냐

모래는 모래끼리 모여

모래 울음 우는 산이 되고

숲은 숲끼리 어울려

산새 우짖는 산을 이루니

마을에 남아 홀로 인간사 그리는 나는

그리운 사람끼리 모여 숨 쉬는 고달픈 산이고저!

—「둔황燉煌」

세바스티앙 살가도Sebastiao Salgado

세바스티앙 살가도Sebastiao Salgado. 브라질 태생인 그
는 유럽 문화의 중심 파리에서 포토 저널리스트가 될 것을
선언하고, 파리 예술의 한복판에서 다시 라틴아메리카의
인간과 삶을 찾아 고향으로 돌아간다. 그것은 말하자면 가
장 현대적인 예술 감각으로 가장 근원적인 인간정신을 탐구
하는 행위로서, 서구 유럽의 새로운 예술과 시원始原의 라
틴아메리카가 만나는 창조적인 예술 세계를 의미한다. 그
의 카메라 세계는 그렇게 라틴아메리카의 인간과 자연과 신
이 공존하는 하나의 완벽한 우주임에 틀림없다. 인간의 원

초적인 삶과 죽음, 문명과 야만, 사랑과 혐오, 이것들을 담아내는 살가도 예술의 기법은 뜻밖에 조형적이다. 제단 위에 올라앉은 개, 동물의 뼈를 짜 맞추며 노는 아이들, 예수의 초상과 벌거숭이 가족, 눈 뜬 죽은 아가, 살가도의 인간과 자연과 신은 이렇듯 일상 속에 공존하면서도 초월적인 상상의 세계를 가능하게 한다. 살가도는 우선 문명의 표정을 철저히 거부한다. 기쁨 또는 슬픔 같은 감정을 개별화하고 차별화하는 일이란 어차피 문명사가 야기한 불필요한 관습에 지나지 않는다. 고정관념을 버리고, 관습을 뛰어넘어 그렇게 문명을 거부하고 문명사 이전의 상태를 추구하는 살가도의 작업은 그의 모든 피사체로부터 감정을 제거하는 일이었다. 행복한 얼굴에서는 웃음을, 불행한 삶에서는 슬픔을 지워버린다. 살아있는 생명체는 살아있음의 활력을 제거하고, 죽어있는 시체는 주검의 기미를 지워버린다. 감정을 지운다는 건 문명의 관습을 지우는 일이다. 문명에 대한 고정관념을 지우는 일이다. 그렇게 문명이 야기한 일체의 고정관념을 제거하여 원래의 모습으로 되돌려 놓는 것, 그리하여 인간과 자연과 신이 저마다 하나의 사물이 되게 하는 것, 그것이 바로 개체의 존엄성을 인정하는 일이자 문명사 이전의 상태로 돌아가는 일임을 그의 사진은 표정으로 말해 주고 있다. 문명의 관습을 제거한 데서 나온 무표정의 표정, 원초적인 표정을 세바스티앙 살가도는 믿고 있다.

밤이 낮으로 열리는 찰나가 보고 싶어서, 나는 나의 새벽을 뜬눈으로 지켜보지만, 아침은 어느새 열려 있었다.

낮이 밤으로 닫히는 순간이 보고 싶어서 지는 해의 땅거미를 놓다 말고 지켜보지만, 밤은 어느새 닫혀 어둠을 지키고 있었다.

올 한 해가 어떻게 지난해가 되는지, 내년이던 한 해가 어떻게 올해가 되었는지, 새천년 밀레니엄의 시대가 어떻게 오고 가는지를 보고 싶어서 태평양 한가운데 서보기도 했다.

땅끝 혹은 바다의 시작. 히말라야 연봉의 하늘 끝닿은 자리. 이 세상과 저세상, 혹은 세상의 이쪽과 저쪽. 모를 것이 어찌 한세상 살다 가는 일뿐이겠는가.

황홀의 색깔은 주황이라고 들었다. 언제 주황빛 하늘 아래 황홀해 본 적 있었던가. 젊은 사랑이 핑크라면 나의 사랑은 주황이고 싶다.

내 삶을 맞으려 오는 또 다른 삶이 나는 죽도록 보고 싶지만 다시 눈 떠보면 그렇게 어디서 왔다가 어디로 가는지도 모른 채 또 어딘가를 가고 있겠지.

—「경계」

MIT의 거미

MIT 캠퍼스 한복판에 자리 잡고 있는 건물 피어스 래버러토리의 현관문 안쪽에는 주렁주렁 장식처럼 매단 거미추가 여러 마리 걸려 있었다. 얼추 여섯까지 세다 말았지만 확실히 그보다는 많았다. 저게 뭘까? 커튼을 여미거나 펼치는 데 쓰는 놋줄일까? 아니면 바람의 진동을 가늠하기 위해 매단 푸코의 추 같은 걸까? 그도 아니면 그냥 밋밋해 보이지 말라고 꾸며 단 장식일까? 문이 여닫힐 때마다 그것들은 제법 살아있는 거미처럼 스멀거리기조차 한다. 나는 다시 밖으로 나가 건물의 이마에 새겨진 알파벳을 읽는다.

Massachusetts Institute of Technology. 이 첨단 과학기술의 요람에 맨 처음 거미의 추를 매달고 싶어 한 사람은 누구일까? 어린 시절 우리 집 사립문 밖 하늘가에도 자고 나면 거미줄이 펼쳐있었다. 밤새 수많은 동심원을 그려놓고, 하늘 한복판에 웅크린 거미는 그때 우리 집을 지키는 파수꾼이었다. 내 유년의 거미와 오늘 MIT의 거미는 어쩌면 원시와 문명의 상징적인 만남일지 모른다. 문명과 원시의 공존을 실감하는 MIT 현관 로비가 만개한 아침 햇살을 받아 유난히 빛나는 아침이다. MIT의 대문간에 주렁주렁 거미 추를 매달 줄 안 그도 아마 시골 농촌 출신이었을 거라는 생각을 해본다. 시골 아침을 살아본 사람만이 대문 밖에 거미줄을 매달 줄 안다. 도시 한복판에 거미줄을 치고 싶은 생각이 그냥 났겠는가. 하긴 현대 기술 문명의 시대를 사는 우리 모두가 농경시대의 후예일 텐데, 그 시골에 기대어 태어난 MIT의 거미가 문명이라는 사실은 흥미롭다.

올해 첫눈은 지난겨울의 아주 초입에 내렸다. 뒤숭숭한 겨울을 보내고 이제 봄이 오나 보다 기지개를 켜다가 나는 그 사실을 알았다. 첫눈 오던 날 집을 나간 삼수동 할머니네 외손자가 영영 돌아올 줄을 모른다는 것이다. 나는 그 대학생 형을 소문으로만 들었지 본 적이 없다. 그 형 때문에 그 겨울 내내 온 마을이 뒤숭숭했다. 그렇게 겨울이 가고 봄이 임박한 어느 날, 그가 주검이 되어 돌아온 것이다. 모악산 깊은 골짜기 봄눈 녹은 자리에 시詩가 되어 누워있더라는 것이다. 눈 온다고 집을 나간 사람이 봄이 되자 어떻게 시가 되어 돌아왔는지, 나는 이 신비로운 시의 탄생을 두고 또 봄잠을 설쳐야 했다.

저벅저벅 겁도 없이 어둠 속을 걸어 내려가는 인기척을 짐작으로만 느끼며, 눈 온다고 첫눈 온다고 더는 못 참고 눈발 속을 뛰쳐나가던 삼수동 할머니네 외손자는, 삼룡아! 우리 삼룡이 어디 갔느냐, 치마꼬리 움켜쥐고 동네방네 고샅으로 산등성이 외진 비탈로 돌아올 줄을 모르더니, 이듬해 정월 대보름도 삼월삼짇날도 다 지낸 모악산 골짜기 눈 녹은 오랑캐꽃 잔디밭에 고스란히 누웠더란다. 서성거리던 눈발 속을 뛰쳐나가던, 뛰쳐나가지 않고는 배길 수 없었던 설렘조차 살아있을까? 이 철딱서니 없는 것아! 그 험한 눈보라 속을 설렘 하나만 믿고 뛰쳐나가는 어리석음, 순수, 무지막지한 철부지가 어디 있단 말이냐. 혁명하다가 죽은 목숨만 목숨이더냐. 눈 온다고 혼자 설레다가 돌아오지 못한 귀신도 귀신이니라. 겨우내 눈 이불 무릅쓰고 누워 혼자 오랑캐꽃 피우던 눈 설렘만은 용서받아야지. 눈 느끼는 이 밤만이라도 살아있어야지!

— 「눈 느끼는 밤」

산문투성이 시인 \ MIT의 거미

R&B와 매미 소리

　R&B 창법이라는 걸 들을 때마다 매미 울음통을 떠올리곤 한다. 매미는 양쪽 날개 안에 가죽나무 껍데기 같은 얇은 떨림판이 달려 있었다. 만지면 빠각빠각! 건드리지 말라는 신호음을 내곤 하지만 그것은 내가 아는 매미 소리는 아니었다. 나는 사실 R&B 창법이 무엇인지도 모르고 R&B를 좋아한다. 누구의 어떤 곡이 대표적인 R&B라는 것도 정해져 있지 않은 것 같다. R&B의 R이 Rhythm이고, B가 Blues라는 것만 책을 읽어서 알고 있다. 둘 다 흑인들 노래와 관련되어 있고, 그 가운데 Blues의 고전적인 느린 정서

와, Rhythm의 현대적인 빠른 정서가 결합되어 생긴 모양이라고 나는 독단할 뿐이다. 이거다 하고 한마디로 정의 내리기는 어려워도 들으면 대충 이런 느낌이구나 하고 나는 그 안에서 어떤 Soul을 읽는다. R&B 안에는 소울이 들어있었다. 앞서 R&B를 들을 때마다 매미 울음통이 떠오른다고 한 것도 사실은 어딘가 따로 붙어있을 것 같은 소울 통을 염두에 두고 나온 말이었다. 마리안 앤더슨의 〈Deep river〉를 들을 때 나는 그것이 R&B인지 아닌지도 모르면서 그녀의 턱 밑 어디쯤에 소울 통이 따로 붙어있을 거라는 생각을 해본다. 그녀가 〈아베마리아〉를 부를 때도 폐부 깊숙한 데서 우러나오는 소프라노의 높은 음과 바리톤의 중저음이 섞여 영혼의 소리를 내는 거라고 나는 숙연해지는 것이다. 물속으로 뛰어드는 잠수부처럼 그들은 그렇게 쥐어짜듯 산소통을 압박하여 영혼을 불러내는 거라고, 나는 R&B의 울림통을 상상해 보는 것이다.

여름이 군림하던 자리에 올 들어 처음 가을색이 비치던 날. 나는 시내 나갔다가 내 상상을 뒤엎는 놀라운 사실을 경험하였다. 종로에서 지하철을 내려 계단을 걸어 올라가는데, 길 밖으로 노란 여름이 은행잎처럼 깔려 있었고, 그 순간 쏴아—쓰나미 지어 몰려오는 매미 울음소리. 올 들어 처음 듣는 매미 소리였다. R&B가 아니었다. 그냥 매미였다. 소울이 없었다.

바람
건듯 불어
내일이면 오실까.

매미 소리 그친
더위 물러간 자리!

더위란 놈 이놈! 제 입 비뚤어지거나 말거나
남의 가슴팍에 불 질러쌓더니 대못 박더니

언놈 마누라 허락받고 나가 바람피울까 밤새 모기 물리듯
쥐어뜯기고도 해 설핏 기울면 다시 골마루 움켜쥐고 느시렁
느시렁 열두 박 육자배기 느린 걸음으로 기어 나가는 놈 그놈
이 진짜 더운 놈이지.

더워 죽겠다고, 더워 더는 못 살겠다고
죄 없는 엘니뇨 핑계 대지 마라.

주렁주렁 바람 달고 사는 바짓가랑이 한 자락 싹둑 잘라
처마 끝에 매달면 너는 거꾸로 선 고드름, 나는 바람 든 속
빈 무 되어 오늘 밤 너랑 나랑은 육두로 놀아볼거나 문자로
놀아볼거나

부처님은 다문 입 매무새로만 웃고 계신데

그냥 두면 안 오실까
가슴 철렁 내려앉는 처서 날 아침

—「처서處暑」

밀까? 두드릴까?

중학교 때 처음으로 '퇴고推敲'란 말을 배웠다. 작문 선생님은 시조시인 장순하였다. 칠판 위에 鳥宿池辺樹 僧敲月下門(조숙지변수 승고월하문)을 크게 써놓고, 그중에서도 두드릴 고敲 자에다 대고 유난히 먹칠을 하였다. 당나라 때 가도賈島라는 시인이 있었다는데, 승고월하문僧敲月下門의 고敲를 두드릴 고敲 자로 할까, 밀 퇴推 자로 할까 망설이다가 퇴고란 말이 생겼다는 것이다. 어린 시절 우리 집은 사립문이었다. 가도네 사립문은 어떻게 생겼기에 밀지 않고 두드렸을까, 그때 어린 나이에도 혼자 궁금했던 기억이 난다. 단

왜 나는 소리가 나지 않느냐

원 김홍도의 〈월하고문도月下敲門圖〉를 관람하기는 아주 최근이다. 말할 것도 없이 '승고월하문僧敲月下門'의 한 장면이었다. 『간송문화澗松文華』에서 이 그림을 소개하고 해설을 붙였기에 한 줄 옮겨 본다. "사립 안에는 푸른 대숲이 대조적으로 정정하게 자리 잡았다. 어스름 달빛이 나뭇가지에 걸린 달밤에 선승 하나가 사립문을 두드린다". '사립문을 두드린다'는 그 '두드린다'에서 나는 다시 중학교 때 작문 교실을 떠올린다. 대문이 사립문인데 뭐 두드리고 자시고 할 것이 있단 말인가. 그러자 이번에는 단원이 발끈한다. 단원은 이 그림을 그릴 때 경기도 안산 단원마을 시골에 살았다. 그렇지만 당나라 가도는 당시 경조윤京兆尹 한퇴지韓退之랑 어울려 수레를 탈 정도였으니, 대문짝도 두툼한 소나무 판자였을지 누가 아는가. 두드릴까, 밀까를 망설이는데 마침 지나가던 한퇴지가 '시구로는 밀친다(推)보다 두드린다(敲)가 낫겠다' 하여 고敲가 되었다 한다. 시작법 ABC에만 집착하던 당시唐詩 앞에 내 자유로운 붓끝이 무색해지는 대목이 아닐 수 없다. 율법에 좀 어긋나더라도 시를 살릴 수만 있다면 나는 그 길을 따르고 싶은 사람이다.

초등학교 6학년 때 처음 부여扶餘로 수학여행을 갔었다. 부여는 옛날 백제의 서울이니까, 서울은 어디나 큰 도시일 줄 알았다. 그런데 막상 가보니 머리에 수건 쓴 어머니들이 바람 부는 언덕 위에 쪼그리고 앉아 보리밭을 매고 있었다. 옛 백제의 서울을 보러 왔는데 왜 우리 동네랑 똑같을까? 나는 오래도록 부여의 혼돈에서 깨어날 수 없었다. 삼천궁녀가 삼천도 아니고 궁녀도 아닌 지어낸 이야기라는 것도 나중에 알았다. 소설은 아름답고 싶은 욕망 때문에 그렇게 퇴고했겠지만, 그러나 그것이 참담한 역사를 위해 잘한 일인지 못한 일일지는 잘 모르겠다. 어쨌든 역사는 함부로 미화될 일은 아니라고 생각한다.

세상에는 없는 세상

부여,
백마강,
낙화암을 보러 간다.

흙먼지 풀풀 날리는 신작로 길
스리쿼터 빌려 타고, 멀미는
선생님 옷자락이 다 젖도록 헛구역질을 해대는데

야! 부여다!
덜컹거리는 포장 틈새로
쬐끔만 내비치는 봄보리 밭 아지랑이 언덕,
냉이꽃 피듯 머리에 수건 쓰고 돌아앉아 호미질하는
배고픈 어머니들

그랬구나!

그날도 오늘처럼

봄보리밭 매다가 허겁지겁 무서우니까
한 손에 호미 보습 빈 소쿠리 뒤집어쓰고
빈 젖 늘어뜨리고 삼천 꽃잎 되어 떨어졌다는
천 길 낭떠러지 역사는

바람 끝 양지 볕에 눈 감고
봄꿈 꾸는 암고양이의 내숭 같은 것

—「부여扶餘」

왜 나는 소리가 나지 않느냐

농경시대의 글쓰기

　내가 좋아하는 어떤 시인을 읽다가 나는 마침내 하나의 결론에 도달한다. 시인은 시인이 되는 순간 보이지 않는 옵션에 묶인다. 그 옵션이란 무엇일까, 정체를 파헤치다 보니 생각의 끝에 또 다른 '시인'이 서있었다. 일단 프로가 되고 나면, 시인은 '시인'으로부터 자유롭지 못하다. 마찬가지로 시인의 시도 '시인'의 '시'로부터 자유롭지 못하다. 그래서 나는 내 시를 나 같은 아마추어가 쓴 시라고 천명한다. 내 시는 '시인'들이 차마 건드리기 싫어하는 명분 없는 부분들을 썼을 뿐이다. 같은 죽음이라도 혁명하다가 죽은 목숨보다는 첫눈 온다고 뛰쳐나가 돌아오지 못한 죽음이 나는 더 애틋하다. 나의 이런 사명감은 마침내 윤동주를 변론하는 도구로까지 커갔다. 윤동주가 왜 좋을까? 내가 왜 윤동주를 좋아할까? 곰곰이 생각하다 보니, 내가 읽은 그의 시들이 모두 '시인'이기 전에 쓴 시들이었다. 어떤 옵션에도 묶여 있지 않음을 알았다. 그는 당시 문단의 추세로부터 자유로웠고, 시대의 요구에 구애받지 않았다. 그는 그때 '시인'이 아니었다. 핍박받는 민족의 일원으로서, 때 묻지 않은 대학생으로서, 단지 애끓는 열망과 자유로운 순수를 발현하고 싶었을 뿐이다. 윤동주가 '시인'이었던 적이 없었던 것처럼 그 점에서는 나도 '시인'이 아니었다. '시인'이기 이전의 순수를 나는 자부한다. 이런 나를 두고 혹자는 이렇게 말하는 것도 알고 있다. 누가 모를 줄 알아? 오늘 같은 산업화시대에 농경시대의 글쓰기를 하고 있다니? 하물며 산업시대를 거쳐, 정보화시대를 지나, 우주 시대, 4차원 시대를 사는 판에…… 그래도 나는 할 말이 없지 않다. 그래 어쩔래? 나는 농경시대에 나고 자란 사람이다. 그리워도 농경시대가 그립고, 정다워도 농경시대가 정답고, 세상 변한 이야기를 하더라도 농경사회가 기준이고, 미래 사회를 전망하더라도 농경사회가 기점이다. 어쩔래? 기가 막혔던지, 내 말의 저쪽에서 또 이런 소리가 들린다. 19세기 유럽에서의 시의 옹호란 어쩌고 저쩌고…… 시는 사라지고 시인의 책무만 무성한 시대에.

아버지는 값을 먼저 보고 입맛은 다음이시라, 그건 잘못된 식사 철학이지요.

값도 맞고 입맛도 맞고 그런 집 찾아보면 왜 없겠냐? 식사는 철학이 아니라 경제거든.

그런 집은 있어도 오래 못 가요. 철학이나 경제학 갖고 식당이 되나요. 살아남은 집은 다 경영학밖에 몰라요.

야, 그까짓 점심 한 끼 때우자고 철학이니 경제학이니 우길 것이 아니라, 내친 김에 삼자가 회동하여 함께 잘 먹고 잘 사는 법을 강구하면 될 것 아니냐. 너도 좋고 나도 좋고 게다가 식당 주인까지 좋으면 그게 좋은 거 아닌가.

말하자면 그게 철학과 경제학과 경영학이 손을 잡는 이른바 학문 융합이라는 건데요, 식사는 맛이 있어야 한다는 사람과, 값이 싸야 한다는 사람과, 이익을 남겨야 한다는 사람과 그렇게 셋이 만나서 뭘 어떻게 융합을 한다는 거죠? 융합이란 셋이 손을 잡고, 또 마음과 마음을 합치고 나서도 또 합친 자리가 금 간 데 없이 한 덩어리가 되어 누가 밥상을 차리고, 밥을 먹고, 돈을 치렀는지도 모를 만큼 혼연일체가 된다는 뜻인데, 밥 먹는 사람 따로, 돈 내는 사람 따로, 돈 버는 사람 따로가 되어 무슨 합의가 도출되겠느냐, 그 말이지요.

야 그래도 필요하니까 하자고 하지 괜히 융합하자고 하겠냐?

물론, 합치는 게 좋으니까 합치자 악수하며 합쳤다고 웃고 사진 찍지요. 그렇지만 그건 야합이에요. 융합이 아니란 말이에요.

그게 그 말 아닌가. 야합이면 어떻고 융합이면 어떠냐? 어서 가서 밥이나 먹자. 배고프다.

—「융합」

다음 생에 절 지을 일이 없지 않느냐

해발 986미터 가파른 중턱을 지그재그로 오르면 그 끝이 성인봉이다. 가다가 하늘이 보이면 다 왔는가 싶다가도 다시 가다 보면 하늘은 사라지고, 그러기를 몇 번을 반복했는지 모른다. 하늘이 보이는 평지에 이르고도 다시 얼마를 걸어야 성인봉이라고 한다. 비바람을 만난 것은 그 성인봉을 얼마 앞둔 고원의 평지에서였다. 처음엔 지나가는 구름이려니 하고 지팡이 삼아 들고 가던 우산대를 펼쳐 든다. 그러나 구름은 구름이 아니라 바람을 동반한 세찬 비였다. 빗줄기는 바람을 타고 온 화살처럼 얼굴에 꽂힌다. 태풍

'망온'을 여기서 만나는구나 싶자 겁이 덜컥 난다. 소낙비를 피하듯 산등성이를 달려보지만, 그럴수록 비바람은 세차게 맞서 온다. 물속을 헤엄치듯 빗물을 가르고, 턱에 숨이 차고, 눈은 뜰 수가 없고, 숲은 울창하고, 천지는 망망하게 젖어, 나는 어느새 성인봉 물바다로 풍덩 뛰어든 스쿠버다이버. 정신을 차리자! 호랑이 등에 업혀 가도 정신만 차리면 그만이다! 우당탕탕! 바윗덩어리가 굴러오는 소리, 나를 향해 정면으로 덤벼드는 멧돼지 떼의 습격. 잡아먹을 듯 주둥이를 벌리고 달려오는 멧돼지를 향해 나는 나의 우산대를 꽂아 넣는다. 우산대에 꽂힌 멧돼지가 내 앞에서 버둥거린다. 나는 이놈을 배 속까지 꿰어 멧돼지 꼬치를 만들리라. 나는 외친다. 얘들아! 또 다른 멧돼지가 달려들지 못하도록 네 사람이 각각 동서남북을 향해 우산대를 겨눠라! 동서남북을 지켜라! 성인봉 1.1킬로미터 지점에서 길은 세 갈래 길이다. 그러나 여기까지였다. 그만 하산하자! 30년 전 초행 때는 나리분지까지만 갔었고, 오늘은 성인봉을 오르는데, 이번에 정상을 오르고 나면 다음에 또 올 일이 없지 않느냐! 삼인행三人行이면 필유아사必有我師라! 도사님 말씀을 따르기로 한다. 스님 둘이서 산을 오르는데, 어디만큼 갔더니 명당자리가 보였다. 우리 여기다 절을 짓자꾸나, 한 스님이 말했다. 스님, 이번에 짓고 나면 다음 생에 와서 절 지을 일이 없지 않습니까. 동자 스님이 말렸다. 다음 세상에 와서 할 일은 남겨 놓으셔야지요. 네 말이 맞다. 스님은 절 짓기를 단념하였다.

물총새 떴다. 정신 차려라!
하는 엄마는

소매치기는 없는 돈도 훔쳐간다
하는 아빠는

숨 쉴 때 말고는 콧구멍도 함부로 쳐들지 마라
하는 은어는

굽이쳐 흐르기를 멎지 않는 냇물은
물 건너는 하루가 신산하기만 한 오늘은

새끼 키우며 사는 일이 다 그렇지요 뭐,
하는 백로는

멀리 물 위를 걸어가는 그림자
머리 검은 짐승 같아 보이고

—「탄천」

와불臥佛

　　누워서만 시를 쓴다. 누워 자다가도 척추를 일으켜 직립을 만들면 그 많던 생각들은 어느새 달아나고 내 머리는 텅 빈 골통이 된다. 새벽에, 눈은 뜨든지 말든지, 미명의 천장은 뵈는 듯 마는 듯, 잠 안 오는 몸을 뒤척이다 보면 생각은 천 갈래 만 갈래 반짝이지 않는 것이 없고, 그것들은 다 내 안에서 우러난 첫 술국처럼 달고 맛나다. 생각은, 생각이 나는 순간 메모해 둬야 한다. 때를 놓치면, 놓쳤다는 건 알겠는데 무엇을 놓쳤는지가 영 떠오르질 않는다. 종이랑 연필이랑을 챙기기 위해 일어나 몸을 추슬러보지만 생

각은 거기까지뿐 세상은 지금까지 맴돌던 내 생각의 터가
아니다. 잃어진 생각들을 잔인하도록 추슬러본다. 잠인지
꿈인지 경계가 흐린 백지가 눈앞을 가릴 뿐 나는 고작 고
치 안에 갇힌 애벌레에 불과하다. 누워서 바라보는 창밖이
저토록 순백일 줄이야. 두 쪽 창틀이 겹친 중간쯤 경계를
새벽달이 지나간다. 나는 저를 쳐다보는데 저는 나를 굽어
보지도 않고 혼자 굴러간다. 동쪽에서 서쪽으로 네모난 창
틀권을 다 빠져나갈 때까지 나는 잠들 줄을 모르고 지켜본
다. 달빛 머금은 하늘이 새벽처럼 바래간다. 밤을 지킨 내
시는 그렇게 형설지필螢雪之筆 아닌 것이 없고, 나는 누워서
만 시를 쓰는 멍텅구리 와불臥佛이다. 어려서부터 엎드려
책 읽기를 좋아했다. 누워서만 책을 본다고 어머니는 맨날
성화였다. 엎드려 글을 보면 눈이 나빠진다, 소화가 안 된
다, 발끝으로 공부가 다 빠져나가서 바보 멍텅구리가 된다
고 타박이지만, 나는 엎드려야 공부가 잘된다고 어머니 말
을 듣지 않았다.

바둑판을 마주하고 앉은 사람들이 뭘 그리 골똘하게 들

여다보는지를 물었더니 '이기기 위한 수'를 읽는 중이라고
한다. 골똘하게 생각하면 지지 않는 수가 나올까. 지는 사
람도 있고 이기는 사람도 있는 걸 보면, '골똘한 생각'이 곧
'이기는 수'로만 통하는 건 아닌 것 같다. 허기야 바둑판 앞
에 헛생각하는 사람도 있기는 있어야지, 너나없이 다 이길
생각들만 하고 있으면 숨이 막혀 어디 살겠냐.

야, 탤런트 최지옥이 말이다, 오십 프로 세일이라는구나.
지옥이가 뭘요? 글쎄다. 오다가 터미널 광고판에서 봤는데,
50% 세일! 크게 써놓고, 최지옥이 뒤에서 환하게 웃고 있더
라. 최지옥이 아니겠냐? 네, 맞는데요, 지옥이가 뭘 세일하
냐구요? 지옥이겠지. 50%면 반값이란 말인데 야, 그건 너무

헐한 거 아니냐?

　아버지도 참! 열에 하나가 모자라 아홉인 줄은 알면서, 아홉에 하나를 더하면 열인 줄을 왜 모를까. 제발! 백 놓을 자리에 검은 돌 놓고 흰 돌 들어내는 일은 없어야 할 텐데, 아버지도 참! 걱정이다! 두세요, 백 둘 차례예요.

─「걱정이다」

산문투성이 시인
＼
와불
臥
佛

월랜도의 노출증

다 좋은데, 약간 노출되는 부분이 있어서…… 프로야구 기아 팀 박흥식 감독 대행이 외국인 투수 월랜도를 언급했다는 이 말을 나는 어느 날 TV를 보다가 들었다. 월랜도의 공 던지는 모습을 보고, 이번에 무슨 공이 들어오겠구나, 타자들이 미리 예상을 한다는 것이다. 들키지 말아야 할 것을 들켰으니, 월랜도도 참 걱정이었다. 그래서 그런지 그날 월랜도는 던지는 족족 얻어맞았다. 강속구도 좋고, 가다가 뚝 떨어지는 낙차 큰 커브도 좋고, 다 좋은데 그만 상대 타자에게 들키는 부분이 있어서 그게 문제라는 것이다.

자신의 투구 폼이 상대방 타자에게 노출된다는 것, 프로 세계에 이런 골치 아픈 일이 숨어있을 줄은 꿈에도 몰랐다.

다른 채널에서는 황막한 사막을 작은 도마뱀 한 마리가 잽싸게 달려갔다. 먹이를 구하러 가는 걸까, 먹히지 않으려고 도망쳐 달아나는 걸까. 또 다른 사막에서는 방금 모래찜을 하고 놀던 살모사 한 마리가 지뢰 모습의 똬리를 틀더니 눈 깜짝할 새에 모래 속으로 숨어버리고 없다. 어디 가니? 아, 깜짝이야! 하마터면 밟을 뻔했잖아? 밟아 줘! 밟으라고 숨어있는 거야. 사막에서는 누구나 다 정다운 이웃인 줄 알았더니 너나 할 것 없이 천적이었다. 하늘을 나는 독수리와 바다를 헤엄치는 물고기와, 풀밭에서는 칼칼한 전갈이, 가지 위에서는 여우가, 나뭇잎 사이로는 카멜레온과 귀뚜라미가. 세상은 그렇게 모두가 정다운 이웃이면서 위험한 천적들이고, 위험한 천적이면서 정답게 모여 사는 프로들이었다. 그날 월랜도의 상대 팀 투수는 한화의 장민재 선수였다. 보세요. 볼 끝이 유난히 날카로운 것도 아니고, 특별히 칭찬할 만한 묘기도 없는데, 아무도 손을 못 대지 않습니까. 살모사가 옳다는 말인지, 도마뱀이 옳다는 말인지, 어느 쪽도 함부로 편들 수 없는 내가 나는 무서웠다. 그날 월랜도는 5회를 다 못 채우고 강판, 장민재는 8회까지 던져 2:0 완봉승 했다.

가을을 거둬들인 들판에 홀로
거둠도 당하지 못하고 서있는 너는
두 팔 벌리고 억울하다.

네가 지킨 무성한 여름은 무너져 텅 비고
멀리 떠난 새 떼조차 돌아올 줄 모른다.

목을 꺾어 함께 부르던 젊은 날의 뜸부기들
어느덧 돌아앉아 네 노래를 비웃고 술값을 씌우고

살아있는 한 미워할 것이다.
차라리 가을이나 아름답지를 말거나

다시는 전화 걸지 않을 것이다. 저들의 가을이
어쩌다가 오늘 네 오후처럼 아름다워도

저 술값 안 낸 것은 입 딱 씻고
너 술값 안 낸 것만 눈 뜨고 기억하는

가을을 짓밟으며 산다.
분노가 너를 살아있게 할지니!

―「가을날」

사람을 찾습니다

해가 바뀌고, 달이 바뀌고, 그렇게 연말연시를 치닫는
숨 가쁜 경계에 함박눈은 펑펑 쏟아졌다. 서울에서 설악까
지, 새벽을 탈출한 봉고 차는 진흙 구렁 같은 눈길을 뒤뚱
뒤뚱 어기적거렸고, 하루 온종일을 달려도 눈 내리는 장면
하나로만 이어지는 겨울 풍경은 천지가 합벽한 듯 시간을
잊은 지 오래였다. 설악동 어귀였던가. 밤새 달려온 승합
차는 텅 빈 주차장 어디쯤 휴식의 짬을 마련한다. 땅거미
같기도 하고 어스름 여명 같기도 한 것이 어쩌면 겨울방학
때 몰래 가본 눈 덮인 초등학교 교정처럼 고즈넉했다고 기

억된다. 발자국 하나 찍히지 않은 시원의 눈밭이었다. 굳은
팔다리를 굽혔다 폈다, 저린 발도 풀고, 시린 손도 비비고,
저만큼씩 각자 등을 돌리고 서서 허허 눈밭에 낯선 지도도
그리고. 그때 누군가 쟁반에 커피 잔을 받쳐 들고 이쪽으로
걸어오는 한 여인을 발견한다. 교수님 갖다 드리래요. 제
자랍니다. 누굴까? 영문과 4학년이래요. 여학생이었어요.
어디? 가고 없지요. 그녀도 새벽에 들이닥친 손님이었다
고 한다. 나를 보자 익명의 커피 한 잔을 기념하고 싶었을
것이다. 3월이 오기를 기다리면서 나는 그 겨울을 보냈다.
〈사람을 찾습니다〉. 학기가 시작되면 학교 신문에 편지를
써야지. 그러고도 개나리 진달래는 그냥 피었다 지고 말았
다. 8월이 가고 9월이 오고, 여름방학이 끝나고 가을 학기
가 시작되었다. 그날 오후엔 국제관 312호실에서 강의가 있
었다. 갈 때는 멀쩡하던 하늘이 강의를 마치고 나오자 여우
비를 뿌렸다. 어떡하지? 나는 잠시 현관 입구에 서있었다.
시계탑 쪽에서 수업을 끝낸 학생들이 이쪽으로, 이쪽에서
강의를 들으러 가는 학생들이 그쪽으로, 오가는 발걸음이

분주하고. 그 순간 내 앞에서 펼쳐지는 투명한 비닐우산이
활짝. 나는 나도 모르는 새에 폴짝 그 안으로 뛰어 들어간
다. 같이 받자! 어머나, 선생님! 그녀는 깜짝 내가 반갑고,
나는 그녀의 우산대를 마주 쥐고 걸어간다. 이 학생도 지금
내 강의를 들으러 가는 걸까. 가면서 나는 또 한차례 턱도
없는 행복에 젖고. 아무렴, 같은 우산 속을 걸어가면서 싸
우는 사람도 있을까. 나는 그녀 몰래 내 마음을 읽어본다.
〈어느 날 갑자기 그가 내 우산 속으로 들어왔다〉. 아, 나를
위해 그녀가 그런 글을 써줄 수만 있다면.

징! 하고 막이 오르면
공연은 시작된다.

아직은 객석을 떠도는
허리 굽은 구구새 그림자 한 쌍

여보, 거긴 아니야!
그럼, 내 그리로 갈까?

엄마 손 놓치고 처음 잡혀 주던 손
뜨거운 손잡아 수줍게 이끌던 그 길

징! 하고 막이 오르면
다시 보아도 기다려지는 설레는 세상

　　　　　　　　　　　　　　—「객석에서」

산문투성이 시인 ＼ 사람을 찾습니다

왜 나는 소리가 나지 않느냐

왜 나는 소리가 나지 않느냐

꿈은 자초지종이 없다

시詩 속에 사람이 들어있다는 말을 하다가 여기까지 왔다.

그러고 보니 좋은 시는 그 안에 사람이 들어있었다. 강나루 건너서 밀밭 길을 구름에 달 가듯이 가는 '나그네'. 머언 먼 젊음의 뒤안길에서 인제는 돌아와 거울 앞에 선 '내 누님'. 산모퉁이를 돌아 논가 외딴 우물 속에는 달이 밝고 구름이 흐르고 하늘이 펼치고 파아란 바람이 불고 가을이 있고 그리고 '한 사나이'가 들어있었다. 옛 성의 돌담에 달이 올랐다. 묵은 초가지붕에 달이 하이얗게 빛난다. 언젠가 마을에서

‘수절 과부’ 하나가 목을 매어 죽은 밤도 이러한 밤이었다.

　세상의 새벽이란 새벽은 나이 들어 잠 못 이루는 사람들 차지가 된 지 오래였다. 나는 그 새벽을 점령한 수많은 용사들 가운데 하나가 되어 잠자리에 들어있다. 꿈속에서 듣던 빗소리가 꿈 밖에서도 들리는구나, 나는 창밖을 향해 귀 기울인다. 지금 들리는 저 소리가 방금 듣던 꿈속의 소리일까, 꿈 밖의 소리일까. 나는 내 청각이 잠의 이쪽저쪽을 구분하지 않고 들락거리는 것이 참 신기했다. 그렇다면 지금 나의 깨어있음이 꿈을 깬 것일까 잠을 깬 것일까, 비몽사몽이나마 나는 내가 시를 썼다는 기쁨에 들떠 있었고, 썼으니까 발표를 해야 할 텐데 어떻게 하지? 욕심 가득했다. 욕망은 겁 많은 용기를 넘어 비겁卑怯으로까지 커갔던 것 같다. 어느 날 제자가 보내준 시집을 읽다가 나는 그 안에서 나의 비겁을 보았다. 시집을 준비하는 동안 시집의 주인이 이상한 꿈을 꾸었다고 한다. 나는 시인의 꿈 이야기를 읽었다.

왜 나는 소리가 나지 않느냐

까닭 모를 꿈을 꾸었다. 첫 시집을 내려고 그동안 써
낸 시편들을 뒤적거리고 있는데, 옛날 국어 선생님이 내 앞
에 A4 용지 한 장을 들이밀었다. 내가 쓴 건데, 하나 끼워
주겠나? 뭐죠? 시라고는 딱 이거 한 편 써봤는데, 이것들
이 모여 언제 책이 될 것도 아니고, 선생 생각이 제자 생각
이고 제자 생각이 선생 생각일 텐데, 누가 알기를 하겠느
냐 시비를 걸겠느냐, 남들이 보면 그렇잖아도 우리 사제지
간이 붕어빵처럼 쏙 빼어 닮았다고는 하더라마는…… 가만
있자! 혹시 이건 내 이야기 아닌가. 놀라 눈을 떠보니 그새
잠이 들었던 모양이다. 내가 어떻게 제자의 꿈속으로 들어
가 내 시편을 건넬 수가 있지? 꿈 밖에서도 그런 일은 없었
다. 더구나 내 제자 시인의 꿈 이야기를 내가 어떻게 내 이
야기로 받아들일 수가 있지? 나는 꿈의 접목 현상이 놀라
웠다. 실크로드처럼 꿈은 꿈끼리만 통하는 통로가 따로 있
는지도 모르겠다.

시인이 시를 생산하고, 남의 회사 지면을 빌려 그것을

발표하고 하는 짓들이 얼마나 속된 낭비인지를 알면서도, 나는 나의 헛된 생각들을 모아 그것이 시라고 우기고, 발표하고 싶어 온갖 수단을 동원하고, 거절당하기를 밥 먹듯 하는 것이다. 시는 성스럽되 시인의 욕망은 속스럽다. 비속卑俗한 속물적 근성으로 탈속脫俗한 시의 경지를 빚자니, 그 시련이 오죽하겠는가. 인간은 왜 시라는 걸 쓰고 싶어 할까. 썼으면 그만이지 왜 발표는 하고 싶어 할까. 비속으로부터 탈속이 나왔다는 이 신비한 탄생 설화를 나는 알 것 같지만 해명할 수 없다. 이 글이 허구를 채택하고, 허구의 실체로 꿈을 가장한 것도 바로 그 때문이다. 새벽은 이제 더 이상 씨 뿌리는 농부들의 시간이 아니었다. 읽기를 계속한다.

내 안에 우리 아버지의 DNA가 들어있듯이 이 시집 안에는 옛날 우리 국어 선생님의 시 한 편이 들어있음을 밝혀둔다. 어느 것이 그것이라고는 딱히 말하기 어렵다. 밝혀봤자 그것은 원치 않은 성추행처럼 불결한 기억으로만 남아있을 것이기 때문이다. 태어나 살면서 이 땅에 시인이라는 명함을 새기고, 시집이라는 걸 엮어내고 하는 사이에 발생한 그것은 아주 우연한 사고였다. 무엇보다도 꿈 이야기는 재구성하기가 참 어려웠다. 분명히 그렇게 꾸었는데 이야기하다 보면 이치에 맞지 않는다. 잠 속의 세상과 잠 밖의 세상이 달라서 그렇다고 하는데, 두 세상이 어떻게 다른지를 모르겠다. 확실한 것은, 꿈은 잠 속에 들어있고, 나는 잠 밖에 깨어있다는 사실이다.

꿈에 시인 제자가 밑도 끝도 없이 대박이 났다는 것이다. 나는 자초지종을 모른 채 엄청난 대박 사건에 휘말렸다. 괜히 시기가 나고 통증도 없이 배가 아팠다. 제자가 대박을 터트렸다는데 왜 내 배가 아플까. 아픔의 정체를 파헤쳐 들어갔더니 시샘 저 밑바닥에 제자의 시집이 깔려 있었다. 시집 안에 내 시가 들어있다는 것이다. 그 대박, 나 때문에 난 거 아냐? 나는 당장 내 시를 돌려받고 싶었다. 나는 어느새 대박의 장본인과 마주 앉아있었다. 일촉즉발의

위기가 여간 살벌하지 않았다. 시인이라는 제자가 두 주먹을 불끈 쥐고, 숨을 식식거리며, 절대로 물려주지 않을 기세였고, 그 순간 나는 왜 그랬는지 모르지만 내 시하고는 아무 상관도 없는 잃어버린 우산 사건에 휘말렸다. 시내 나갔다가 우산을 놓고 왔다. 덕수궁 돌담길 정동교회 어디쯤, 볼일을 보고 귀가하는 지하철 속에서 그만 아차! 내 우산! 하고 뒤늦게 놀랐다. 나는 귀가하는 내내 갈등하였다. 벌써 며칠째인지 모른다. 일주일이 다 된 오늘까지도 나는 내 두고 온 우산에게 가야 할지 말아야 할지를 놓고 망설였다. 교실에 가서는 김수영의 「죄와 벌」을 읽어주었다. 우산대로 마누라를 때려눕히고, 아는 사람들이 현장을 목격했을까 봐 겁이 난다고 말했을 때 학생들은 실소하였다. 아는 사람들보다도 현장에 버리고 온 우산이 더 아까웠다고 말할 때는 웃어야 할지 말아야 할지 난감한 학생도 있었다. 시간이 어중간하게 남아있었다. 나는 덕수궁 근처에서 아직도 기다리고 있을 내 우산 이야기를 들려주었다. 김수영을 읽다가 갑자기 웬 비닐우산일까? 학생들이 의아해하는 것 같아서 한마디 덧붙였다. 같은 우산이라도, 김수영만큼이나 치사해야 원 시를 쓰든지 말든지 하지! 이거야 원! 그래도 학생들은 별 반응이 없었다. 괜히 나만 손해 본 기분이었다. 마주 앉은 대박 난 시인이 버럭 조롱 섞인 야유를 퍼부었다. 선생님! 선생님 시는 맑고도 투명하기가 아침 이슬처럼 신선한데, 평상시 육성으로 하시는 말씀을 듣다 보면 도대체가 더럽고 치사해서 들어줄 수가 없으니, 선생님의 그 시 다르고 말씀 다르고 한 까닭이 뭡니까? 아무리 꿈속이라도 그렇지, 나는 내 명치끝을 한 대 된통 얻어맞은 꼴이 되어 횡설수설했다. 이 사람아! 시는 자초지종自初至終이 없지 않은가. 슬퍼도 왜 슬픈지, 자초지종은 보여 주지 않고 거두절미 눈물 한 방울만 툭 떨어뜨리면 그만이니, 그 눈물이 아침 이슬일 수밖에. 거기 비하면 내 육성은 자초지종이거든. 더럽고 치사하기가 이를 데 없지. 오죽하면 거두절미 하겠어? 자초지종은 물론 몸통까지도 싹둑 잘라내 버리고 싶은 게 우리네 인생살이 아닌가!

누구나 시인이고 싶다

'에밀레종' 만든 사람을 처형하는 날이라고, 구경꾼들이 떼를 지어 몰려가고 있었다. 종을 만든 사람이라면 그게 성덕대왕일까, 주물을 녹여 붓던 철공소 아저씨일까? 나는 누구에게랄 것도 없이 혼자 물어보면서 긴 행렬을 따라간다. 성덕대왕신종 다르고 에밀레종 다른데, 괜히 유식한 체하지 말라고, 누군가 나를 비웃는다. 누구는 잃어버린 시를 찾으러 가는데, 누구는 왜 종 만든 사람을 처형하러 간다고 하는지, 꿈속이 온통 뒤숭숭했다. 그게 언제 적 일인데, 지금 와서 왜 철공소 아저씨를 죽인다는 겁니까? 나는 여

왜 나는 소리가 나지 않느냐

기가 먼 신라 적 고을이나 아닌지 두리번거리면서 묻는다. 끓는 물에 아기를 넣었잖습니까? 살생입니다. 불심에 어긋나는 일이지요. 사람으로 해서는 안 될 일을 했다니까요. 듣고 보니 그 사람 죽을 짓을 했구나 싶은 생각도 들었다.

처형장은 영락없이 TV에서나 보던 잔칫집 분위기였다. 안방이고, 마루고, 토방이고, 마당이고, 울타리 밖이고 할 것 없이 구경꾼들로 빼곡히 차있었다. 저 안에 어린 신부가 들어있겠거니 싶다가도, 철공소 아저씨가 어떻게 죽지? 그런 생각도 겹쳤다. 아름답고 싶은 마음 때문이지. 시심詩心의 적은 아름다움이야. 먼저 아름다운 생각부터 지우라고. 누군가 한 수 가르쳐주고 싶어서 안달이었다. 단죄는, 할머니가 들어 계신 안방에서 이루어질 모양이었다. 보이지 않지만 안에서 벌어지는 일들이 중계방송을 하듯 뚜렷이 전달되었다. 네가 에밀레 종소리를 냈단 말이냐? 원님의 목소리는 굵고도 인자했다. 부끄럽습니다. 어떻게? 네가 어떻게 아기 울음소리를 낼 수가 있었단 말이냐? 사연인 즉, 끓는 물에 아기를 넣었습니다. 감히 네가? 네가 어떻게 그런 짓을 할 수가 있었단 말이냐? 황공하옵게도, 좋은 시詩는 시 안에 사람이 들어있다고 들었습니다. 사람이 들어있지 않은 시는 좋은 시가 아닙니다. 강나루건너서밀밭길을구름에달가듯이가는나그네. 어떻습니까. 사람이 들어있지 않습니까? 허기야! '나그네'도 사람은 사람이구나! 심문은 계속되었다.

사람이 아니면 안 되겠느냐? 올빼미를 넣으면 올빼미 소리가 날 것입니다. 아무것도 안 넣으면? 아무 소리도 안 날 것입니다. 뭔가 상황이 급박하게 돌아가는 모양이었다. 철공소 아저씨가 다급하게 애원하였다. 나는 종소리를 내야 합니다. 종소리를 못 내는 나는 내가 아닙니다. 웅성웅성! 사람들 소리가 들리더니 이내 잠잠하다. 이제부터 싹둑! 작두 자르는 소리가 나면 그때가 시가 완성되는 순간이라고, 하나같이 아름다움이 탄생하는 순간을 지켜보는 눈치였다. 아! 방금 무슨 소리가 났습니까? 기다리던 싹둑!

소리는 나지 않고, 그 대신 단죄가 시작되는 모양이었다. 죽어도 괜찮겠느냐? 갓난아기를 죽이기 전에 나는 내 안의 불심을 먼저 죽였습니다. 나는 이미 불자가 아닙니다. 불자가 아니면, 그럼 뭐란 말이냐? 종鍾을 만드는, 한낱 장인匠人일 뿐입니다. 오로지 종소리 하나를 내고 싶어서 나는 내 목숨을 버린 지 오래입니다. 나는 내가 아니라, 이미 죽어 마땅한 죄인입니다. 죽여 주십시오.

그래도 그렇지. 그게 왜 하필이면 갓난아기란 말이냐! 원님이 절망하듯 갓난아기를 애도하였다. 내가 내 손으로 종을 지어 세상에는 없는 슬프고도 아름다운 소리를 내는 일. 그것 말고 나는 아무것도 바랄 것이 없습니다. 끓는 물에 아기를 넣는 일이 내 사사로운 욕심인 줄 알면서도 나는 나의 마지막 욕망을 거둘 수가 없었습니다. 차마 죽어서는 안 될 생명이 죽어갈 때 가장 슬프고도 아름다운 소리가 난다는 것을 깨달은 것은 애석하게도 아이의 마지막 울음소리가 들린 뒤였습니다. 나무관세음보살! 소리 하나를 내고 싶어서, 소리 하나가 듣고 싶어서, 내가 나를 죽이고, 불심을 죽이고, 아기를 죽이고, 소리를 죽여야 하다니, 나무 관세음보살!

괜한 철공소 아저씨를 죽였다고, 원님을 비방하는 목소리가 하루 온종일 팥죽 끓듯 끓었다. 진짜 죽었답니까? 죽였으니까 죽었겠지요. 내가 죽어야 또 다른 사람이 또 다른 소리를 낸다고, 아까 철공소 아저씨가 죽기를 간청하지 않았습니까? 그건 죽은 사람 말이고, 살려 준 사람 말도 들어봐야지요. 살려 준 사람? 누구? 원님? 아무래도 철공소 아저씨가 살아있는 것 같다는 것이다. 아, 이것이 '집행유예'라는 것이구나. 원님 말 한마디에 사람 목숨이 붙었다 떨어졌다 하는 것이 믿기지 않았지만 어쨌든 철공소 아저씨는 살아있었다. 원님은 왜 철공소 아저씨를 죽이다 말았을까. 나는 원님의 음험한 욕망을 떠올리며 동구 밖을 빠져나왔다.

얼마를 걸었을까. 녹음이 우거진 곳에 시골 향교처럼 생긴 아주 오래된 건물이 옛날을 회상하며 서있었다. 아, 여기가 내 고향 김제 읍내구나! 회억하면서 나는 어린 시절 시골길로 접어든다. 비몽이 사몽 되고 사몽이 비몽 되기를 수없이 반복하는 사이, 향교는 내가 다닌 옛날 초등학교로 바뀌고, 건물은 유리창 달린 교실이 여러 칸 복도를 따라 기다랗게 이어져 있었다. 여기도 많이 개화했구나, 이런 데서 공부하면 저절로 좋은 시가 나오겠네, 하고 나는 막연히 감격했다. 그때는 교장 선생이 직접 이 복도를 뒷짐 지고 다니면서 이 방 저 방, 시를 잘 가르치나 못 가르치나 감시했었다. 오늘은 내가 그 옛날 교장 선생이었다. 유리창 안쪽을 들여다보자 아까 형장에서 보던 얼굴들이 꽤 여럿, 그 가운데 놀랍게도 철공소 아저씨가 눈에 띄었다. 아니 저 사람, 처형당하지 않았던가? 나는 놀랐지만 아! 맞다. 원님이 살려 주었다고 했었지! 하고 아는 체하지 않았다. 아니, 또 저 사람은? 맨 뒤쪽에 누군가 감격! 감격! 허리를 굽실거리는 이가 있어 보니 원님이었다. 굽실거리기를 마치자 그는 항의하듯 철공소 아저씨 쪽에다 대고 삿대질을 한다. 아, 원님은 필요하면 굽실거리기도 하고 삿대질도 하는구나, 나는 생각했다. 그들의 주고받는 소리가 이쪽 복도까지 들린다. 시인이 되고 싶었다. 시인이 되어 세상에서 가장 슬프고도 아름다운 소리를 내고 싶었다. 사람을 넣어야 사람 소리가 난다고, 네가 말하지 않았느냐? 네 말대로 살짝 사람을 넣어도 보았다. 그런데 이게 뭐냐? 난 아직도 시인이 아니지 않느냐? 내가 왜 시인이 못 되었는지, 네가 네 입으로 말해 보거라. 철공소 아저씨가 형편없이 밀리고 있었다. 나요? 오죽하면 나는 소리 하나를 내고 싶어서 끓는 물에 아기를 던졌습니다. 나는? 그럼 나는? 하고 원님이 큰 소리로 따져 묻는 것이 들린다. 소리 하나를 내고 싶어서 나는 너를 살렸다. 왜? 살아있는 것이 너는 싫으냐? 철공소 아저씨는 말이 없었다. 원님의 목소리가 다시 낮게 깔린다. 너를 살려 쇳물 녹이는 법을 배우고 싶었다. 쇳물 속에 갓난아기를 넣고 싶었다. 세상에는 없는 가장 슬프고도 아름다운 소리를 내고 싶었다. 그런데 이게 뭐냐? 나는 너

를 위해 너의 목숨을 살려 주었다만, 너는 나를 위해 아무
것도 한 일이 없지 않느냐?

철공소 아저씨의 떨리는 응답이 시작되었다. 소리를
위해 소리를 내야 합니다. 남을 위해 남을 살려야지, 나를
위해 남을 살리는 일은 쇠 다루는 사람의 할 일이 아닙니
다. 부디 범종을 위해서만 범종을 만드십시오. 나를 버려
야 소리가 납니다. 아, 소리를 위해 소리를 낸다? 나를 버
려야 소리가 난다? 원님이 갑자기 이마가 땅에 닿도록 절을
하였다. 그 말이 나는 듣고 싶었다. 소리를 위해 소리를 구
하는 일이라면 내 부처님 발바닥인들 못 씻을까? 그래, 어
떻게 하면 남을 위해 남을 살리는 일이 되겠느냐? 어떻게
하면 종을 위해 종을 만들겠느냐? 간절한 소망 앞에 철공소
아저씨의 굳은 혀가 풀리기 시작한다. 쇳물을 녹여 갓난아
기를 넣는 일이 동지팥죽을 끓여 새알심을 넣는 일과도 같
거늘, 내 어찌 원님을 속여 동지팥죽 끓이는 비첩을 숨기겠
습니까! 아, 동지팥죽에 새알심을 넣는 일이라? 그거 좋구
나! 말해 보거라.

왜 나는 소리가 나지 않느냐

좁쌀 토리가 모여 숟가락 밥이 됩니다. 숟가락 쌀이 모여 됫곡식이 되고, 말곡식이 되고, 섬곡식을 이루고자 하는 마음을 원님이 모를 리 없습니다. 내 쌀 한 톨의 정성을 모아 동지팥죽을 끓이고자 함에, 그 마음이 시주에서 시작됨을 먼저 말하고자 합니다. 한 줌의 시주 쌀이 모여 쇠붙이가 되고 범종이 됩니다. 시주하는 마음이 쌓여 종소리가 되는 줄을 뻔히 알면서도, 하오나 저는 마음을 지니고도 시주할 쌀이 없는 가난뱅이이옵니다. 쌀은커녕 겉보리 한 톨이 없습니다.

동지팥죽 한 사발이면 그 안에 얼마나 많은 새알심이 들어가는지를 원님은 모르십니다. 새알심 한 알에 찹쌀은 또 몇 톨이나 소요되는지 원님은 모르십니다. 찹쌀이어야 합니다. 오곡백과가 다 부처님의 뜻으로 통하지만 찹쌀가루 없이 그것들은 응결되지 않습니다. 뭉쳐서 하나 되는 힘이 찹쌀의 찰기입니다. 곡량 한 톨이 모여 숟갈을 채우고, 됫박을 채우고, 그렇게 말을 채우고 섬을 채웁니다. 가루를 빻아 물에 이겨 반죽하고, 치대고, 다시 엄지와 검지와 중지를 모아 쥐어뜯기는 만큼씩 두 손바닥 사이에 끼고 나무아미타불 관세음보살! 빌다 보면 새알심이 되어 나옵니다. 하얗게 귀엽기가 물새알처럼 앙증맞습니다. 서로 엉기어 붙지 않도록 빈 소반 위에 널었다가 팥물이 끓거든 그때 넣어야 풀어지지 않습니다. 세지도 약하지도 않은 짚불이 좋습니다. 묽지도 되지도 않게 시간을 두고 오래 끓입니다. 가난하다고 함부로 보리를 써도, 귀리를 써도 안 되고, 하물며 조, 수수는 말할 것도 없습니다. 늘어지지 않을 만큼만 멥쌀을 조금만 섞습니다.

팥죽 한 사발에 새알이 열두 알씩은 들어가게 각각 열두 그릇을 떠서 소반 위에 받쳐놓습니다. 일 년이 열두 달이니까 정월 이월 삼월 사월…… 을 그릇대로 써 붙여 식기를 기다리다 보면 팥죽 위에 굳은 거죽이 생깁니다. 어떤 사발은 마른 논바닥처럼 쩍쩍 금이 갈라져 가뭄을 예보하고, 또 어떤 사발은 맹물이 흥건히 고여 홍수를 예보합니다. 같은 솥에서 퍼 담았어도 그 농사짓는 한 해 운세가 이와 같이 다르니, 동지팥죽을 끓여 일 년 농사를 점치는 지혜가 놀랍습니다. 먹기 전에 고수레를 뿌립니다. 밤이 제일 길다는 동짓날 캄캄한 뒤안길, 헛청, 우물, 광, 외양간 할 것 없이 집안의 잡귀란 잡귀는 모조리 물러나라, 벽이고 기둥이고 할 것 없이 흩뿌리고 처발라 액운을 막는 지혜 또한 팥죽을 끓이는 이유입니다. 그러고 나서 열두 알 새알심을 먹습니다. 일 년 열두 달 먹고 힘 나라고, 힘내어 농사지으라고, 정월 이월부터 동지섣달까지 나무아미타불을 외우면서 꼭꼭 씹어 삼킵니다.

동지팥죽 대령이옵니다. 아니, 벌써? 원님이 반갑게 동지팥죽을 맞이합니다. 동지팥죽 끓이기가 새벽하늘 부처님 뵙기 만큼이나 어려울 줄 알았더니, 요술쟁이의 요술만큼이나 감쪽같구나! 요술이라니, 당치 않습니다. 이 세상 어머니들은 누구나 다 끓이는 부엌의 일상이옵니다. 아무렴 내가 못 하는 일을 네가 해냈으니 그게 요술 아니고 무엇이냐. 나는 못 하느니라. 끓여 바치면 앉아서 받아먹을 줄이나 알지, 그 어려운 새알심을 내가 어떻게 만든단 말이냐? 원님이 숟가락을 들어 새알심 팥죽을 헤적거리기 시작합니다. 찹쌀을 넣어 동지팥죽을 끓였다면서 왜 찹쌀이 보이지 않느냐? 맨 새알심뿐이구나! 찹쌀 말이옵니까? 거기 들어있는 것이 다 찹쌀이옵니다. 철공소 아저씨가 황급히 대답하였다. 내 평소 못 믿을 것이, 네가 만든 그 종 안에 들어있다는 갓난아기였느니라. 너는 언제나 아기를 넣었다고만 말하고 보여 주지 않았다. 어떻게 넣었는지, 어디 아기가 들어있는지, 그것이 알고 싶었느니라. 네가 만든 아기 울음소리처럼 나도 너를 닮아 세상에서 가장 슬프고도 아름다운 소리를 내고 싶었느니라. 그런데 너는 가르쳐주지 않았다. 보여 주지 않았다. 도대체 어떻게 된 일인지, 말해 보거라. 철공소 아저씨의 용서를 구하는 소리가 나지막이 바닥에 깔렸다. 새알심이 쌀이옵니다. 뭐라? 새알심은 새알심이고 찹쌀은 찹쌀이지, 너는 어찌 새알심을 찹쌀이라고만 고집하느냐? 옳으신 말입니다만, 새알심을 끓여 새알죽이 되게 하는 힘은 찹쌀이 아니라 찹쌀의 찰기임을 원님이 모를 리 없습니다. 기氣는 어디 있어도 보이지 않습니다. 찹쌀을 바숴 가루를 만들고, 가루를 뭉개 새알심을 만들 때 그것들이 풀어지지 않도록 응결시키는 힘이 찰기입니다. 동지팥죽의 뼈가 새알심이고, 새알심의 힘이 찰기입니다. 찰기가 귀신입니다.

내, 소리 내기를 그만 포기할까 보구나! 심사숙고한 끝에 내린 결정이니 받아주기 바란다. 원님이 마침내 위대한 선언을 하기에 이르렀다. 포기라니요? 아니 되옵니다. 원님께서는 포기하기를 포기하여 주시기 바랍니다. 철공소 아저씨는 극구 만류하였다. 일찍이 너의 소리 내는 법을 훔치고 싶었다. 너야말로 세상에는 없는 슬프고도 아름다운 소리를 내지 않았느냐. 나도 너처럼 국화꽃에 내 누님을 갖다 대면 소리가 날 줄 알았느니라. 세상의 꽃이란 꽃은 다 불러 모았느니라. 불러 모은 꽃마다 내 사랑하는 가족들 이름을 낱낱이 갖다 댔느니라. 코스모스! 하면 내 고모 같은 꽃. 감자꽃! 하면 내 이모 같은 꽃. 무궁화? 삼촌 같은 꽃. 호박꽃? 할미 같은 꽃. 아무리 짝을 맞추어 갖다 대도 소리가 나지 않았다. 무엇이 잘못이란 말이냐? 왜 너는 되고, 나는 안 된단 말이냐? 답답하구나. 말을 해라. 철공소 아저씨가 마침내 고개 숙여 무릎을 꿇었다. 그의 떨리는 목소리를 원님은 듣고 있었다. 세상에 부딪쳐서 소리 나지 않는 것은 없습니다. 감자꽃에 이모를 갖다 댔는데 어찌 소리가 안 날 리 있습니까. 설령 못난 국화꽃일지언정 소리는 소리입니다. 그러니 국화꽃 소리의 못생김을 탓할지언정 '감자꽃 이모'에게서 '국화꽃 누님' 소리가 나지 않는다고 불평하지는 마시기 바랍니다. 어렵구나! 원님이 깊은 한숨을 내쉬었다. 참으로 어렵구나! 좀 더 쉬운 말로 친절해 주면 안 되겠느냐?

　　오랜 침묵 끝에 철공소 아저씨의 말문이 열렸다. '국화꽃'에 '누님'을 갖다 대자 '국화꽃 누님' 소리가 난 것은, 서정주의 노력 아니고는 이룰 수 없는 서정주만의 독창적인 수확입니다. 그래도 어렵구나! 좀 더 친절해 보거라! 국화꽃 누님은 말하자면, 서정주가 손수 술을 담가 자기 안에서 괴어 우려낸 첫 술국과도 같은 것입니다. 술국이라! 그거 재미있는 말이구나! 좀 더 실토해 보거라! 내 발로 밟아 누른 누룩이어야 합니다. 곰팡이가 뜰 때까지 아랫목 이불 속에 묻어 기다려야 합니다. 방금 지어낸 고두밥이어야 합니다. 첫새벽 우물물을 길어다가 알맞게 버무려 다시 이레 밤 이레 낮을 아랫목에 묻어두고 기다립니다. 새벽 별 비치는 용수 안에 첫새벽 술국이 고이기 시작합니다. 그것만이 달고 맛이 있어 내 정신을 어지럽히는 황홀한 마술입니다. 아, 그거야말로 내가 바라던 술국이구나! 어디 그 술국 나도 좀 맛을 볼 수 있겠느냐? 안 될 리가 있겠습니까마는, 하오나…… 원님이 철공소 아저씨를 노려보던 바로 그 순간이었다. 첫 술은 으레 그 술을 담근 사람의 몫인 줄로 아옵니다. 뽀골뽀골 괴어오르는 첫새벽 용수 속에 휘휘 젓던 손가락 입안에 넣어 빨면 그때 혀끝을 적시는 오묘한 맛, 그것이 첫 술국이옵니다. 어허! 내가 내 손으로 담가 내 안에서 괴어올린 술이 내 술이라 그 말인가? 그렇습니다. 왜? 직접 담그지 않은 술은 맛이 없느냐? 맛이 있습니다. 색깔이 나지 않느냐? 색깔이 납니다. 취하지 않느냐? 그럴 리 없습니다. 그런데? 내가 만든 술과, 남이 만든 술이 뭐가 다르단 말이냐? 좌우지간 취하기만 하면 될 것 아니냐? 아니 되옵니다. 아니 되옵니다. 철공소 아저씨의 반대하는 손사래가 원님의 얼굴을 할퀼 지경이었다. 취하기는 취하는데 놀라움이 없다 할까? 습관적으로 취한다 할까? 발견이 없다 할까? 정신이 무디다 할까? 어쨌든 지금까지 맛보지 못한 그 어떤 감각, 새로움, 그게 창작이라고 들었습니다. 이세상에 하나뿐이라 그 말이지? 그럼? 두 번째 술국은 없느냐? 많습니다. 그건 뭐냐? 모방이라고 들었습니다. 어허! 모방이라! 모방이 나를 절망하게 하는구나!

마침내 원님의 절망하는 소리에 땅이 꺼집니다. 이러니 내 어찌 감히 소리를 내고 싶어 할 수가 있단 말이냐. 그만 욕심을 버릴까 보구나. 소리 내기를 포기하겠다는 말입니까? 그건 아니 됩니다. 그 순간 철공소 아저씨가 달려가 원님의 팔뚝에 매달렸다. 포기해서는 안 됩니다. 농부는 스스로 먹고 살기를 포기했을 때 농사짓기를 포기합니다. 농부가 농사짓기를 포기한다는 건 시주를 포기하는 일입니다. 소리 내고자 하는 열망이 시주하는 마음을 낳습니다. 시주하는 마음이 곡식을 거둡니다.

시주를 받으면 될 것 아니냐? 나는 본시 시주를 하는 사람이 아니라, 받는 사람이니라! 원님이 버럭 화를 낸 것은 바로 그때였다. 시주라고 하셨습니까? 나무아미타불 관세음보살! 나직나직 철공소 아저씨의 염불 소리가 항변하듯 시작되었다. 곡물이 곧 시주입니다. 마음이 곧 시주입니다만 곡물이 빠진 마음은 시주가 아닙니다. 시주 쌀이 쇠붙이를 낳고 쇠붙이가 종을 만든다 하지 않았습니까. 공양미는커녕 겉보리 한 톨 구경하기가 어려운 고을입니다. 뭐라? 원님이 불연 철공소 아저씨를 꾸짖었다. 한 해 농사를 짓고도 시주할 겉보리 한 톨이 없다니, 이는 누구를 두고 나온 말인고? 성덕의 효심이 무색하고 혜공의 불심이 초라하구나. 오죽했으면! 철공소 아저씨도 쉽게 물러서지 않았다. 오죽했으면 갓난아기를! 그게 다 불심 때문이 아니고 가난 때문이었다 그 말이지? 불심보다 무서운 게 가난이고, 효심보다 잔인한 게 목구멍입니다. 아, 시주할 쌀 한 톨이 없어서 종소리를 못 내다니! 슬프고도 슬픈 일이구나!

패악이 아름다움을 낳느니!

대박 난 시인 제자가 대박 기념 팬 사인회를 연다고 해서 갔다. 약도를 보며 물어물어 찾아갔더니, 옛날 초등학교 때 또뽑기를 사먹던 학교 앞 전봇대가 서있던 그 자리였다. 이런 데서 어떻게 유명 시인의 팬 사인회를 연다는 것인지, 나는 시인 제자를 둔 것이 좀 창피했다. 여기서 어떤 할아버지가 또뽑기를 팔았는데 그때는 이 자리가 세상에서 가장 크고 좋은 가게인 줄 알았다. 대박 시인은 자리에 없었다. 옛날 또뽑기를 팔던 할아버지도 없었다. 할아버지뿐 아니라 옛날 할아버지를 에워싸고 또뽑기를 사 먹던 아이

왜 나는 소리가 나지 않느냐

들도, 가게도, 좌판도, 아무것도 없이 그때 가게를 받쳐주던 전봇대 하나만 달랑 서있었다. 시를 팝니다! 대박 세일! 대박 기념 왕창 세일! 50% 내지 70%까지도 대폭 할인! 전봇대에 걸린 현수막이 바람에 펄럭이고 있었다. 분위기를 띄우기 위한 마이크 소리가 쉬지 않고 울려 퍼졌다. 시도 박리다매가 가능하구나. 왜 시집을 판다고 하지 않고 시를 판다고 했을까. 시를 어떻게 팔지? 궁금해하면서 나는 대박 시인을 찾아 두리번거렸다. 가슴에 띠를 두르고 이 사람 저 사람 사이를 악수하며 돌아다니는 대박 시인이 먼빛으로 보였다. 죽을 쑤었더군요! 그때 누군가 가슴에 띠를 두른 사람이 다가와 말을 걸었고, 그가 이번 행사의 주인이라는 것이다. 대박 시인은 아니었다. 때마침 동지팥죽을 쑤고 난 뒤여서 그랬던지 나는 그 말이 기분 좋게 들리지 않았다. 더구나 그가 오늘 행사의 주인이라면 그는 틀림없이 대박 시인일 테고, 대박 시인이라면 내가 만나러 온 바로 그 시인 제자여야 할 텐데 그가 아니었다. 하도 이상해서 짯짯이 살펴보니 옛 제자는 제자인데, 다른 얼굴이었다. 나는 그와 대화를 주고받았다.

    오랜만이군! 이제는 완전 창작 시인으로 귀환한 건가? 나는 결코 기분 좋아 보이지 않는 그에게 불쾌한 반응을 보였다. 그는 별 반응이 없었다. 가령, 대박 난 시인 제자를 A라고 한다면, 나한테는 또 다른 시인 지망생 B가 하나 더 있었는데, 그날 A를 만나러 갔다가 B를 만난 것이다. 아니다. 그동안 A인 줄만 알고 만났던 시인 제자가 그날은 B라는 것이다. 헷갈렸지만, 우리는 서로를 위해 마음을 바꾸고, 아주 평범한 인사를 주고받았다. 그동안 어떻게 살았느냐? 시도 쓰고, 시 쓰기를 가르치기도 하고, 그냥저냥 지냈습니다. 시 쓰기하고, 시 쓰기를 가르치는 일하고는 많이 다를 텐데? 압니다. 허지만 전에 선생님 하시던 대로 그냥저냥…… 나? 내가 뭘 가르친 게 있어야지. B가 옛날의 나를 회상시켜 주었다. 선생님은 학기가 시작될 때마다 시 한 편씩을 써내도록 강요하십니다. 그때마다 원고를 청탁받는 것도 시인 지망생들에게는 중요한 체험이라고 말씀하셨습니다. 시편들이 모이면 과 대표를 시켜 한 권의 시집으로 묶어 오게 하고, 그것들을 강평하십니다. 잘 쓰고 못 쓰고는 관계하지 않습니다. 물론 우수한 작품에다 점수 한 점을 더 얹어 주는 건 교사의 악습이니까 이해합니다. 그렇다고 잘못 쓴 작품을 미워하지는 않습니다. 수업은 질의와 토론 형식으로 진행됩니다. 질의와 토론을 하기 전에 해당 시인이 앞에 나와 시작 과정을 설명하게 되어있었는데, 그때마다 시인의 의도를 들어보면 누구나 하늘을 찌릅니다. 의도에 비해 그러나 시의 됨됨이는 못나고 왜소하여 참담할 지경입니다. 왜 그렇게 되었을까? 의도와 결과의 갭을 최대한 좁히는 일이 시 창작 교실에서 한 일입니다.

B의 추억은 정확했다. 실제로 나는 나의 시 창작 교실을 그렇게 운영했다.

학점은 잘 받았나? 나는 물었다. A+ 받았습니다. 사실이었다. B는 그때 내가 우리 교실에서 건져 올린 가장 큰 대어였다. 나는 나의 최선을 다해 그를 키웠다. 반에서 가장 높은 학점을 주었다. 졸업할 때까지 신춘문예에 당선하라고 부추겼다. 그해 가장 우수한 다섯 작품을 골라 책으로 묶어주었다. B는 물론 일등으로 뽑혔다. 발간되기 전 딱 한 차례 불러다가 다짐을 받았다. 남의 거 베끼지 않았지? 그런 일 없습니다. 일단 책이 되어 나오면 그때부터 모든 책임은 작가가 지는 거야. 알겠습니다. 눈곱만큼이라도 양심에 꺼리는 문제가 있으면 지금 빠져야 된다. 그럴 리 있겠습니까? 너만 믿는 거야. 염려 마십시오. 그러나 그는 책이 나오는 그날로 내 곁을 떠났다. 그날 그가 남긴 이임사란 이런 것이었다. 입학하면서부터 문학반 동아리에 들어가 시를 썼습니다. 어울려 술을 마시고 들어와 새벽까지 시를 쓰고 쓰러져 자다가 학교 가는 것도 잊어버리기를 반복하였습니다. 나는 이미 공부하는 학생이 아니었습니다. 술 담배에 찌든 시인이었습니다. 마침내 떠날 것을 결심했습니다. 책이 나온 그날 밤이었습니다. 이제는 그만하자. 스스로 시인이기를 포기했습니다.

기억난다. 그날 그는 그동안 살아온 시인으로서의 삶을 후회하는 것 같았다. 시를 저주한다고 말하지 않았다. 이제 시인이기를 포기하고, 회사에 들어가 월급 받고 장가들어 아이들 잘 키우는 건전한 모범시민이 되겠다고 했었다. 나는 그를 붙잡지 않았다. 짜아식! 남의 글 베껴다가 A학점 받고, 장학금 받아먹고, 시인 되고, 그리고 마지막 기대와 찬사에 부응할 수 없자 이제는 떠난다고? 잘 가라! 비정했었다. B는 모방 시인임이 분명했다. 다만 너는 모방 시인이야, 라고 말하지 않았을 뿐이다. 베끼지 않았지? 라고 물었고, 그럴 리 없습니다, 라고 대답했을 뿐이다. 그때 그의 범죄를 추궁했어야 옳았다. 그렇게 확신하면서도 확신을 유보한 채 지내온 것이 잘못이었다. 그런 그가 돌아온 것이다. 그동안 A가 B였다는 사실이 나는 신기했다. 그동안 시 쓰기를 포기한다고 떠난 그가 아주 당당한 걸음으로 시단을 활보하고 있었다는 사실이 놀라웠다. 그때 너 어떻게 된 거니? 떠난다고 하지 않았던가? 분명히 베끼지 않았다고 하지 않았던가? 나는 그의 베낀 죄를 추궁하기 시작했다. B가 큰 소리로 항변하였다. 교사는 학점을 팔아 좋은 시를 사면 그만입니다. 그 대신 나는 좋은 시를 팔아 높은 학점을 받으면 그만 아닙니까? 내가 시 창작 교실을 선택한 까닭은 학점을 잘 따기 위해서였지, 좋은 시를 쓰기 위해서가 아니었습니다. 선생님은 학점을 팔아 좋은 시를 샀지만 나는 좋은 시를 팔아 학점을 샀습니다. 베꼈다고요? 모조품이라고요? 모조품 아닙니다. 외제 정품입니다. 외국시를 베꼈다는 말이겠지만 나는 더 이상 따져 묻지 않았다. 따져서 여죄를 묻더라도 다시 학점을 돌려받을 자신이 없었기 때문이다.

어렸을 때 읍내에 나가 처음 본 대장간이 먼 훗날 어떻게 에밀레종 제작소가 되어 꿈에 나타나고, 비눗방울을 불던 어린 시절 내가 훗날 어떻게 유리병을 부는 철공소 아저씨가 되어 시를 말하는지, 꿈이 아니고는 도저히 불가해한 과학적 진실들을 나는 알고 있었다. 중학교 때 철공소 아저씨들은 내 어린 호기심에 유리 풍선을 달 줄 아는 마술사였다. 그들이 옛 신라 때는 어떻게 종 만드는 사람이 되어 아기 울음소리를 냈다는 것인지, 그 또한 풀고 싶지만 풀 수 없는 과학적 진실로 남아있다. 불가해한 의문은 그뿐이 아니다. 끓는 물에 아기를 던지는 일은 효심에도 불심에도 있을 수 없는 패악이다. 그런데 그 철공소 아저씨가 무슨 패악을 어떻게 저질러 세상에서 가장 슬프고도 아름다운 소리를 빚어냈다는 말인지, 하물며 그 패악의 길을 몸소 걷고 싶어 하는 원님의 욕망은 무엇인지, 묻고 또 물어볼 일이다. 원래 신종을 만들고 싶어 한 욕망의 근원은 성덕대왕의 효심이었다. 그 효심에다 대고 철공소 아저씨의 불심이 부채질을 하여 범종을 만들었다고 한다. 철공소 아저씨의 불심이 어떻게 성덕대왕의 효심을 뚫어 하나의 소리로 통할 수 있었는지, 불가해한 것이 한두 가지가 아니다.

귀신은 소리로만 살아있다

나는 다시 교실 안 풍경이 들여다보이는 복도 쪽 창가로 돌아와 섰다. '우물 속에는 달이 밝고, 구름이 흐르고 하늘이 펼치고 파아란 바람이 불고 가을이 있습니다. 그리고 한 사나이가 있습니다'. 원님이 윤동주를 읽고 있었다. 인물은 기승전결起承轉結의 전轉쯤에 넣는 것이 좋다고 하더니 이 시는 첫 연부터 사나이를 넣었구나! 어찌된 일이냐? 이어지는 철공소 아저씨의 대답. 잘 보면 그것도 전轉입니다. 무슨 말이냐? 나를 위해 좀 더 친절하지 못할까. 산모퉁이 논가에 외딴 우물이 있고, 우물 속에 달과 구름과 하늘과 바람과 가을이 펼치고, 그 안에 '사나이'가 들어있으니, 그쯤이 전轉에 해당된다는 말입니다. 어렵구나! 좀 더 친절해지면 안 되겠느냐? 쇳물이 팥죽처럼 녹아내릴 때가 바로 아기를 넣을 때라는 말이옵니다. 끓는 물에 녹지 않는 것은 없습니다. 쇳덩어리도, 사람도, 거북이도, 바람도, 냄새도, 찹쌀도, 새알심도…… 끓는 물에 녹아내리지 않는 것은 귀신밖에 없습니다. 형체도 없이 소리로만 살아있는 것이 귀신입니다. 끓기 전에 넣으면 안 되겠느냐? 그런 법은 없습니다. 왜 없단 말이냐? 끓는 물이어야만 형체가 녹아내리기 때문입니다. 형체가 있는 것은 귀신이 아닙니다. 형체 안에서 귀신 소리가 날 리 없습니다.

원님은 읽기를 계속하였다. '어쩐지 그 사나이가 미워져 돌아갑니다'. 사람을 넣어도 한번 넣고 말지 않는구나. 벌써 두 번째가 아니냐? 그러고도 미워져 돌아가다니, 한번 넣은 사람을 왜 다시 거두어 간단 말이냐? 숙달된 연금술사는 쇠 다루기를 단번에 끝내지 않습니다. 끓는 물에 철광석을 녹이고, 흙구덩이에 쇳물을 부어 본을 뜨고, 굳기를 기다려 망치로 때리고, 다시 빨갛게 굽고, 찬물에 식히기를 수없이 반복합니다. 설마 납을 부어 금을 파내는 허튼 수작은 아니겠지? 당치 않습니다. 제가 어찌 나를 속여 남을 욕되게 하겠습니까? '돌아가다 생각하니 그 사나이가 가엾어집니다'. 보십시오. 도로 가 들여다보지 않습니까? 그냥 돌아서 가기에는 연민의 정이 너무 깊습니다. 그래서 도로 가 들여다보니 그대로 있지 않습니까? '다시 그 사나이가 미워져 돌아갑니다'. 이번에는 증오입니다. '우물 속에는 달이 밝고 구름이 흐르고 하늘이 펼치고 파아란 바람이 불고 가을이 있고 추억처럼 사나이가 있습니다'. 사랑과 미움과 연민과 동정과 증오와 그런 것들이 수도 없이 얽힌 게 인간사라고 하지 않습니까? 마찬가지로 시에서도 사람을 한 번만 넣고 말지 않습니다. 수없이 많은 담금질과 망치질을 해야 쇠는 여뭅니다.

내 시의 모교를 찾아서

마을 앞에 오래된 느티나무가 그늘을 드리우고, 그늘 아래 옛 동리 선생이 이마를 번들거리며 담소하고 있었다. 혼자가 아니었다. 『전황당인보기』를 쓴 소설가, 옛날 〈시인부락〉 동인으로 지금은 활동이 뜸한 불교학자, 그 밖에 이름이 알려지지 않은 시인 몇 사람, 동리 선생은 그 가운데 좌장이 되어 옛 친구들의 근황을 묻고 대답한다. 나는 동리 선생을 알지만 동리 선생이 나를 모르니까 내가 다가가 인사할 필요는 없었다. 내 꿈에 왜 생뚱맞게 동리 선생이 비쳤을까.

중학교 때 남원 춘향제에 백일장 대회를 나갔었다. 시제詩題가 걸리자 우리는 각자 나무 그늘을 찾아 흩어졌고, 나는 시상詩想을 떠올리느라 이리저리 광한루 일대를 어정거렸다. 윤기 나는 동리 선생의 이마를 처음 본 것은 그날 춘향이 그네를 타던 오작교 너머 키 큰 소나무 아래에서였다. 학생들이 시를 쓰도록 풀어놓고, 그 시간 우리를 인솔하고 간 국어 선생들은 동리 선생을 에워싸고 앉아 새우깡 안주에 소주를 마시고 있었다. 나는 장원의 꿈도 잊은 채 키 큰 소나무 주위를 빙빙 돌면서 동리 선생을 훔쳐보기에 바빴다. 그날 그랬던 것이 왜 오늘 갑자기 내 꿈속에 비치는 걸까. 하도 이상해서 더듬더듬 기억의 끝을 찾아 들어갔더니 그 끝에 시詩가 들어있었다. 시가 나를 남원 춘향제로 이끌고, 생애 첫 백일장이었고, 가작이었고, 내가 기억하는 나의 첫 문학 행위였음을 알았다.

나는 어느새 동리 선생들 틈에 끼어 노래 부르고 있었다. 중학교 때는 멀리서만 따로 맴돌던 내가 오늘은 시인이 되어 함께 취한다. 노래 부른다. 하! 요새 그 친구 안 보이더라, 죽었는가? 동리 선생이 누군가를 찾는 소리가 들린다. 누구? 동리 선생은 귀가 어두웠다. 그 뭣이냐, 왜 사냐건 웃지요. 호미론 밭을 매고…… 아, 소이부답 심자한笑而不答 心自閑이라고, 원작은 좋은데, 시가 격格은 없지! '왜 사냐건 웃지요'에서 시의 격을 따지는 그들이 낯설지만 흥미로웠다.

내가 다닌 종정초등학교는 김제 읍내에서도 20리나 떨어진 리里 단위 작은 마을 뒷산에 있었다. 그 20리가 어떻게 눈 깜짝할 사이 읍내 향교로 갔다가, 폐교로 갔다가, 모교로 갔다가 옆집 드나들듯 하는지, 아무리 꿈속이라지만 나는 꿈의 축지법이 놀라웠다. 나는 천천히 걸어서 초등학교 교실을 찾아 들어간다. 가는 내내 두억시니처럼 늘어붙는 시인 제자의 대박 사건을 떨칠 수가 없어 나는 괴로웠다. 나는 그에게 내 시를 빌려준 적이 없는데 그는 왜 받았다고 우길까. 오늘은 그 문제를 꼭 매듭짓고 싶다. 교실을 찾아

가자면 먼저 긴 복도를 걸어가는 것이 인상적이었다. 그때만 해도 세상에서 가장 크고 좋은 학교였는데, 요즘은 학생이 없어서 폐교 직전이라고 한다.

4학년인지 5학년인지 모를 고학년 때였다. 회색빛 닮은 어렴풋한 기억 속에서 생애 첫 작문 공부를 했었다. 화사한 대낮이었을 텐데 교실이 어둡게만 느껴진 까닭은 그만큼 내 기억이 퇴락해서였을 것이다. 추억의 빛깔은 노랑에 가깝다고 하지만, 기억의 빛깔은 어슴푸레한 회색이라고 들었다. 그때 빛깔은 분명 노랑이 아니라 회색이었다. 김성립 선생이었고, 그날 선생님이 뭐라고 말문을 열어서 우리들 글쓰기가 시작되었는지 모르겠다. 제목은 '봄'이었다. 그날 나는 내 생애 첫 작문을 화사한 봄 동산으로 꾸몄다. 봄이 오는 언덕 위에 아지랑이가 일렁거리고, 이름 모를 꽃들이 아기자기, 나비는 나풀나풀, 뱁새는 찌직찌직…… 선생님은 우리 반에서 내가 제일 잘 썼다고 내 글을 칭찬해 주셨다. 아, 글이란 걸 이렇게 쓰는구나, 하고 나는 혼자 우쭐했다. 선생님은 교탁에 기대어 한참을 고치더니 다시 그것을 칠판 위에 썼다. 친구들은 연필심에 침을 발라가면서 다시 그것을 꾹꾹 눌러 썼다. 내 글이니까 나는 안 베껴도 되는 줄 알고 그냥 앉아있었다. 그랬더니 선생님이 와서 '너도 써라!' 하고 시켰다.

'너도 써라!' 이 말을 들었을 때 나는 알 수 없는 배신감을 느꼈다. 선생님이 내 작품을 베껴다가 다시 그것을 나보고 베끼라고 하다니, 나는 마지못해 베끼기 시작했다. 베끼면서 보니까 아까 내가 쓴 것보다 별로 좋아 보이지 않았다. 내가 그린 봄 동산이기는 한데 그 속에 들어있던 뭔가가 빠져버리고 없었다. 뭐가 빠졌을까. 내 글은 내 글인거 같은데 그 속에 내가 없었다. 그 대신 선생님이 들어있었다. 그러자 선생님의 글 속에는 선생님만 들어있고 내가 빠져있었다는 걸 알았다. 나는 기분 나빴다. 내 글 속에 들어있던 나는 지워버리고 왜 그 자리에 선생님을 채워 넣었을까.

훨씬 훗날이지만, 나는 우리 선생님이 훌륭한 작문 선생이었음을 자부하는 것이 늘 못마땅했다. 선생님은 내가 당신에게 배워서 시인이 되었다고 자랑하고 싶어 했다. 그러나 배은망덕하게도 나는 그렇게 생각하지 않았다. 나는 결코 시를 배운 적이 없다. 시를 가르쳤다고만 생각하는 선생님과, 결코 시를 배운 적이 없다고만 생각하는 시인과, 두 사람의 차이가 거기서 생긴 것 같다. 나는 내 시를 내가 썼다고만 생각하는데, 선생님은 그 속에 자기 솜씨가 들어 있다고만 생각한다. 나는 선생님의 호의를 절대로 받고 싶지 않았는데, 선생님이 억지로 그것을 들이밀었다고 생각하는 것이다.

김소월, 피켓을 들다

광화문 네거리에서 종로 쪽으로 걸어가고 있었다. 가을 운동회를 주관하는 선생님들처럼 각자 메가폰을 쥐고, 그들이 부는 호루라기 소리들로 거리가 살벌하게 요동쳤다. 어느 것이 원음인지를 알 수 없는 지독한 소음 속에 노래되어 울려 퍼지는 녹음 음악은 김소월의 「산유화」였다. 산에는꽃피네꽃이피네갈봄여름없이꽃이피네산에산에피는꽃은저만치혼자서피어있네산에서우는작은새여꽃이좋아산에서사노라네산에는꽃지네꽃이지네갈봄여름없이꽃이지네. 타령 같기도 하고 트롯트 같기도 하고 록 같기도 하고

랩 같기도 한 그 소리를 흘려들으면서 종로 쪽으로 빠져나
가는데, 비각 쪽에 누군가 자주 본 듯한 얼굴이 피켓을 들
고 서있었다. 힐끗 돌아보니 낯익은 시인 김소월이다. 무엇
이 불만인지 혼자 피켓을 들고 일인 시위를 벌이고 있었다.

---

1. 내가 왜 화자냐?   − 나는 김소월이다.
2. 내가 왜 시 밖에 있다고 하느냐? − 내 시는 내 손으로 지은 내 집
                              이니라.
3. 나는 새를 꿈꾼다.   − 꽃이 좋아 산에서 살고 싶다.
4. 산유화山有花냐? 산유인山有人이 − 산유화山有花다. 좋은 시는 사람
   냐?   이 들어있되 보이지 않아야 한
                              다. 그래서 산유인山有人은 시
                              가 아니다.

−김소월−

「산유화」 안에 사람이 들어있지 않다고 그동안 꽤 많은

비난을 받았던 것 같다. 꽃이 피고, 새가 날고 있었다. 꽃은 멈춰있었고, 새는 움직였다. 시 안에서 움직이는 것들을 주목해 달라. 모든 정지한 것들 가운데 움직이는 것이라고는 새밖에 없음을 주목해 달라. 꽃도 새도 함께 어울려 '살고 있음'을 주목해 달라. 꽃밭으로 날아 들어간 새의 움직임을 주목해 달라. 「산유화」는 그래서 산유화가 아니라 산유인山有人이다. 그렇지만 산유인이 산유화가 된 비유를 인정해 달라는 것이다. 산유인을 산유인이라 하지 않고 산유화라 한 점에 착안해 달라는 것이다. 사람이 들어있되 사람이 아니라 꽃으로 보이게 한 의도를 알아 달라는 것이다. 자연 속에 사람이 들어있어야지, 네 글은 그냥 자연일 뿐이야. 아주 잘 가꾼 꽃밭이구나. 꽃이 피고 새가 울고 나비가 날고…… 그 속으로 들어가라! 네가 들어가! 어린 시절 김성립 선생이 나를 향해 큰 소리로 외쳤다. 그는 내 시를 처음 칭찬하고 더 좋은 글이 되도록 고쳐준 사람이다. 김성립 선생님! 저는 들어왔잖아요. 선생님도 어서 들어오세요! 나그네가 되어 구름에 달 가듯이 걸어가세요. 내 누님이 되어

머언 먼 젊음의 뒤안길을 돌아 거울 앞에 서주세요. 그래, 그걸 몰랐던 거야. 내가 내 발로 걸어 들어가든지, 김성립 선생이 나를 끌어들이든지, 그때 그걸 했어야 했는데 못 한 거야. 나는 내 글 속에 뭔가 빠져있는 것 같은 그것이 곧 사람이었음을 알고 놀랐다.

　김소월이 피켓을 들 지경이니 오늘날 시의 운명이란 것도 어지간히 위기인가 보구나! 생각하면서 종로 3가 탑골공원 쪽으로 발걸음을 옮긴다. 화신 없는 화신사거리에서 조계사 쪽으로 좌회전을 할까 하다가 에이 좀 더 가지! 하고 그대로 직진이다. 가다가 잠시 신호 대기 앞에 선다. 그리고 맞은편 신호기에 파란불이 켜지는 걸 본다. 건너편 신호 대기 아래 서있던 사람들이 우르르 이쪽으로 몰려오고, 나는 사람들 속에 섞여 이쪽에서 저쪽으로 발걸음을 뗀다. 길 건너 울타리 안쪽에 옛 탑이 서있었다. 나는 그 탑에 관한 신문 기사를 아주 오래전에 읽어서 알고 있다.

"세조 2년 18세 백림白林 김석동金石同이 조각하다."*

'1946년 2월 17일 11시 탑동 공원 13층 다보탑 복구 작업 중 탑신을 해체하자, 기단基壇 아래 이런 기록물이 나왔다'

아! 탑동 공원 13층 다보탑 속에는 이런 식으로 석공 김석동金石同이 들어있었지! 나는 퍼뜩 떠올렸다. 때마침 반가운 원님 목소리가 들린다. 그래 맞아! 이런 방법이 있었구나! 이보게 철공! 뭡니까? 이제라도 나는 끓는 물에 아기를 넣는 일 따위는 포기할까 보구나. 종 만들기를 포기하겠다는 말씀입니까? 탑동 공원 석공처럼 종이에 써서 종탑 아래 나를 묻어두면 될 것 아니냐? 그게 시 속에 사람을 넣는 일 아니고 뭐겠느냐? 아니 되옵니다. 아니 될 것이 도대체 무엇이란 말이냐? 그건 역사歷史일 뿐 시詩가 아닙니다. 원님께서 바라는 건 역사가 아니었지 않습니까? 시인이 되고 싶다고 하지 않았습니까? 나는 발걸음을 꺾어 탑동 공원 안으로 들어간다. 그래, 시인이 되고 싶었다. 시인이 되고 싶구나! 원님의 간절한 음성이 그 순간 하늘에 사무쳤다.

수사修辭로서의 시:

　　　　　　—「동천冬天」

왜 나는 소리가 나지 않느냐

제1단계/ 눈썹을

　가령, 한 편의 짤막한 글을 문학적으로 써내라는 과제를 받았다고 하자. 이때 우리의 주목을 끄는 것은 '문학적'이라는 말이다. 그리고 그것이 문학적이기 위해서는 먼저 '아름답다' '슬프다' '기쁘다' '고귀하다' 등의 좋은 감정을 지녀야 되고, 그래서 그동안 시나 소설에서 읽은 어떤 감정들을 자기도 한번 표현해 보고 싶을 것이다. 실제로 어떤 시인은 그 가운데 정말 '고귀하다'는 생각이 들 만큼 좋은 글을 썼다. '아름답다'는 말 가운데 슬픔과 기쁨과 고귀함이 다 들어있는 것처럼 그 시인도 고귀하다는 생각 하나로 아름다움과 슬픔과 기쁨을 한꺼번에 대신할 수 있었다. 이제 우리도 그 시인을 따라서 고귀하다는 생각이 들 만큼 좋은 글을 한 편 써보기로 한다.

어머니는 고귀하다. 사랑은 고귀하다. 선생님은 고귀하다. 인간은 고귀하다. 자연은 고귀하다. 신앙은 고귀하다. 이 세상 모든 것은 다 고귀하다. 고귀하다. 고귀하다……

우선 고귀한 생각이 들도록 하는 게 목적이니까 고귀하다는 말과 고귀한 대상을 많이 제시하면 된다고 생각할 것이다. 그러나 반드시 그렇지는 않다. 정작 고귀하다고 인정될 어머니나, 사랑이나, 선생님이나, 자연이나, 신앙들이 고귀하기는커녕 오히려 낡고 헌 장난감처럼 조잡스럽거나 별것도 아닌 것이 되어버리기 때문이다.

왜 그럴까. 이유는 간단하다. 말끝마다 '고귀하다'는 말을 미리 써버렸기 때문이다. 상대방에게 고귀하다는 생각을 불러일으키려면 우선 고귀하다는 말의 사용을 유보했

왜 나는 소리가 나지 않느냐

어야 한다. '어머님 감사합니다. 저는 어머님의 효자가 되 겠습니다'라고 말해서 그가 효자일 리는 없다. 그 대신 건 강하고 씩씩하게 공부 잘해서 건전한 시민이 되면 어머니 는 저절로 기쁠 것이며 사람들은 그를 효자라고 부를 것이 다. 따라서 '어머니는 고귀하다'는 긴 말보다 '어머니!'라는 짤막한 한마디면 된다는 말이다.

그 어떤 시인은 하고많은 고귀함 가운데 하필이면 '임' 을 택하였다. 그러고 보니 '임'만큼 많은 고귀함을 한꺼번에 함축하고 있는 말도 드문 것 같다. 어머니도 임이고, 애인 도 임이고, 선생님도 임이고, 인간도, 신앙도, 자연도, 이 세상 모든 것이 다 임이었다.

임! 임! 임! 임! 임! 임! 임! 임!……

그렇다고 하염없이 이런 식으로 '임!'을 외치기만 해서 될 일은 아니다. 좀 더 구체적으로 확인해 보자.

먼저 그 어떤 시인의 작업을 보면 '누구'의 임인지를 밝히는 일이 우선이었다. 내 친구 영달이의 임인지, 우리 큰 누나의 임인지, 아니면 육군 하사의 임인지, 그것이 확실해질 때 임의 의미는 분명해진다. 그 많은 가운데 그 어떤 시인은 하필이면 '우리 님'이란 말을 썼다. 결국 내 임이란 뜻인데 '우리'라고 쓰니까 한결 가까운 느낌을 준다. 나와 임을 동시에 확인하게까지 된다. 정서적인 거리로 볼 때 '우리 님'이란 말보다 더 가까운 호칭도 드물 것 같다. 우리 가게, 우리 술집, 우리 목욕탕이라고 말할 때의 '우리'보다, 우리 어머니, 우리 아버지, 우리 선생님이라고 말할 때의 '우리'는 얼마나 정다운지 모른다. 하물며 '님' 앞에 '우리'가 붙었는데 그보다 더 아기자기한 말이 어디 있겠는가.

다음에 필요한 말이 우리 님의 소재였다. 우리 님이 지금 어디에 있냐는 것이다. 죽었는지 살았는지, 살았으면 지금 미국에 있는지, 홍콩에 있는지 아니면 우리나라에 있는지, 우리나라에 있다면 지금 만날 수 있는지 없는지, 만날 수 있다면 지금 학교에 다니는지, 어제도 만났었는지 오늘도 만날 예정인지, 어쨌든 그 점에 대한 구체적인 해명이

필요한데, 그 적확的確한 심정을 그 어떤 시인은 '내 마음속'
에 있다고 표현했다. 그도 그럴듯하다는 생각이 든다. 마
음속에 들어있는 임이 한 번인들 잊힌 적 있을까. 자나 깨
나 앉으나 서나 마음속에 살아있음이다. 더구나 다른 사람
도 아닌 내 마음속이었다. 이때는 분명히 '우리'보다 '내'가
옳다. '우리 마음'은 '내 마음'만큼 확실한 내 것이 아닐 수도
있기 때문이다. 또 한 가지, 동일한 '우리'나 '내'가 한 문장
에 두 번 들어가는 번거로움도 피할 수 있어서 좋다. '내 마
음속 내 님'이라거나 '우리 마음속 우리 님'과 같이, 같은 말
을 동일한 문장에 두 번 이상 사용하면 읽기에도 불편하거
니와 그 의미가 반감된다는 점을 명심해야 한다.

　'내 마음속 우리 님'이란 이런 점에서 번거롭지 않고 나
와 임과의 관계를 정답고도 확실하게 제시할 수 있었다. 그
러나 그 어떤 시인은 '내 마음속 우리 님'만 가지고는 자신
의 고귀한 마음을 전부 드러냈다고 안심할 수가 없었던 모
양이다. 아닌 게 아니라, 그런 정도의 사랑은 그동안 우리
귀에 너무 익숙해서, 반드시 독창적이라거나 진실되다고만

수사修辭로서의 시　＼　제1단계　＼　눈썹을

말할 수는 없을 것 같다. 옛날 옛적의 민요에서부터 오늘날 흔히 듣는 유행가 가사에서까지 '내 마음속 우리 님'은 자주 불렀던 게 사실이다. 이 점이 싫어서였는지 그 어떤 시인은 '임'의 아주 세부 사항까지도 밝히기를 꺼려하지 않았다.

그 임의 무엇이 그 어떤 시인한테는 그토록 고귀했을까? 눈망울일까. 보조개일까. 뺨일까. 아니면 얼굴 전체에서 풍겨 나오는 인상일까. 그도 아니면 몸매일까. 마음씨일까. 어쨌든 그 시인은 하고 많은 인체의 부위 가운데 하필이면 '눈썹'을 택했다. 예로부터 '반달 같은 눈썹'이란 말이 있기는 하지만 어쨌든 그 눈썹은 사소하며 개성적이기까지 하다. 눈썹 빼놓고 어지간히 사랑할 것도 없었던 모양이다. 어찌 되었든 간에 그 어떤 시인은 자신이 고귀하다고 자랑할 만한 대상을 비로소 우리 앞에 제시한 셈이다. 그 시인이 바로 서정주徐廷柱이고 이것이 바로 그의 시 「동천冬天」의 첫 줄이다.

내 마음속 우리 님의 고운 눈썹을

왜 나는 소리가 나지 않느냐

여기서 가장 핵심적인 대상은 물론 '눈썹'이다. 그는 '내 마음속 우리 님'의 눈썹에 대한 소중함을 말하면서 고귀하다는 말 대신에 지금까지 살펴본 여러 가지 다른 말을 찾느라고 고심했을 것이다.

수사修辭란, 말이나 글을 꾸미고 다듬는 일이다. 여기서 꾸민다는 말은 그것을 아름답게 가꾼다는 뜻이기도 한데, 그 '아름답게'라는 말이 단순히 미사여구美辭麗句를 뜻하는 것만은 아니다. 요컨대 우리의 관찰, 지식, 감정, 사상 등을 문장으로 표현하는 데 있어서 어떻게 하면 더 정확하고 명료하게 효과적으로 표현할 수 있을까 하는 방법을 연구하는 것이 수사학修辭學이다. 말하고자 하는 의도가 제대로 전달되지 못하고는 절대로 아름다워질 리가 없는 것이 문장이다. 더구나 그 전달하고자 하는 의도가 감각 경험일 때 그 전달 방법이 얼마나 어려운 문제인지는 두말할 여지가 없다. 위 「동천冬天」의 첫 줄은 다시 말하면 서정주가 체험한 눈썹의 소중함을, 소중하다는 말 대신에 다시 감각적으로 전달하고자 하는 서정주식의 특수한 수사법이라고 할 수 있다.

지금까지 검토한 내용을 염두에 두고 다시 그 수사의 단계를 거슬러 올라가 보면 이러하다.

1. 눈썹

2. 고운 눈썹

3. 우리 님의 고운 눈썹

4. 내 마음속 우리 님의 고운 눈썹

'눈썹 → 곱다 → 우리 님 → 내 마음속'의 단계를 거쳐 우리 몸의 사소한 터럭에 지나지 않는 눈썹이 매우 고귀한 대상으로 부각되는데, 그 단계를 다시 '내 마음속 → 우리 님 → 고운 → 눈썹'의 수사 과정을 거침으로써 시인은 우리 한테 자신의 감각적 경험을 다시 감각적으로 전달하는 데 성공한 것이다. 이때 눈썹이라는 대상 하나만 보통명사일 뿐, 나머지 네 개의 대상은 오히려 추상명사라는 점이 주목할 만하다. 분명히 손으로 만져볼 수도 있고 눈으로 확인할

왜 나는 소리가 나지 않느냐

수도 있는 대상을 오히려 잡히지도 보이지도 않는 추상적 사물로 대체시켜 감각적 경험을 구체화한다는 것은 수사학의 참 매력이 아닐 수 없다.

제2단계/ 씻어서

제1단계 수사가 거둔 결과는 고귀한 대상을 선택하는 일이었다. 여기서 다시 눈여겨볼 것은 화자가 대상을 어떻게 취급하여 대상의 고귀함을 더욱 고귀하게 빛내는지를 확인하는, 요컨대 대상의 처리 방법이다. 이번에는 앞의 1단계와 달리 「동천冬天」의 제2행을 미리 통째로 적어놓고 보자.

즈믄 밤의 꿈으로 맑게 씻어서

먼저, 우리는 '눈썹을 씻었다'고 말한 점에 주목한다. 엮었다, 닦았다, 꼬았다, 말렸다, 적셨다, 달구었다, 다렸다 등 눈썹을 고귀하게 다루는 방법은 수없이 많을 텐데, 서정주는 하필 '씻었다'고 말한다. 소중한 대상을 소중하게 다루기 위해서는 우선 그 눈썹을 티끌 하나 없이 깨끗하게 씻고 싶었을지도 모른다. 그러나 이때 다시 주목할 것은 그 '깨끗하다'를 쓸 자리에 '맑게'를 썼다는 점이다. 눈썹을 씻으면 깨끗해질까, 맑아질까? 이 점에 대해서도 한번 생각해 볼 일이다. 눈썹이 투명체가 아닌 바에야 씻으면 깨끗해질지언정 맑아질 리는 없다. 하물며 '검은' 눈썹임에랴! 그런데 서정주는 왜 '맑게'라고 썼을까? 이유는 아마 '깨끗하다'는 그 말이 너무 지시적指示的이기 때문일 것이다. 눈썹에 관한 한 '깨끗하다'는 표현은 아무래도 지시적이다.

말에는 지시적 사용(Denotation)과 함축적 사용(Connotation)의 두 가지 사용이 있다. 지시적이란, 단순 명백하게 누구에게나 같은 뜻이 전달되도록 하는 말의 사용법이다. 그것은 표현하려는 대상과 언어적 기호가 1대 1의 정확한

대응 관계가 되기를 바란다. 흔히 과학적 언어 사용이 그
것이다. 우리는 과학적 언어에 의해서 모든 사물을 이해하
고 또 우리의 관계를 오해 없이 이루어나간다. 그러나 기호
란 우리의 사상 감정 등, 요컨대 표현하고자 하는 모든 것
들을 완벽하게 일치시켜 주지는 못한다. 오히려 기호 이상
의 감정과 표현의 욕구가 넘치는데, 이때 말의 함축적 사용
이 요구된다. 말의 함축적 사용이란, 한마디 말에다 다른
여러 의미를 한꺼번에 포함시키려는 말의 사용법이다. 눈
썹을 깨끗하게 씻었다고 말하면 그것은 지시적 언어에 가
깝다. 사물을 씻으면 깨끗해진다는 것은 누구나 다 아는 상
식이다. '깨끗하다'라는 말 자체가 지시적이어서가 아니라,
그 말이 눈썹이라는 대상에 가 붙음으로써 생긴 낯선 현상
을 말한다. 서정주는 말의 지시적 사용을 일단 거부한 셈이
다. 그렇게 쓰려고 하니까 왠지 깨끗하다는 의미 외에 정
말 자신이 느낀 귀하고도 소중한 어떤 감각적 경험이 완벽
하게 전달된 것 같지는 않았던 모양이다. 눈썹을 '맑다'고
표현했을 때 그것은 그냥 불순물이 제거된 상태가 아니고,

왜
나는
소
리
가
나
지
않
느
냐

투명하기까지 한 일종의 입체적 파악이 가능해진 것이다.

그 눈썹은 무엇으로 씻어서 그토록 맑아졌을까? 보통 사람들은 얼른 물을 떠올릴 것이다. 아침에 눈을 뜨면 세수를 하듯, 우리는 물로 씻어내는 데 익숙해져 있기 때문이다. 습관적으로 우리는 모든 씻어야 할 것들을 물로 씻는다고 생각한다. 따라서 '씻는다'를 '물로 씻는다'고 표현하면 오히려 지시적인 사용이 되어서 위험하다. 여기서 위험이란, 감각적인 경험을 감각적으로 표현하지 못한다는 말이기도 하다. 이런 점에서 '물로 씻는다'는 말을 피하고 나서도 우리는 다른 많은 표현을 떠올릴 수 있다. 행주로 닦아낼 수도 있고, 합성세제나 알코올 같은 화학약품(결국은 모두 물과 같은 액체지만)을 떠올릴 수도 있는데, 그러나 이때 시인은 그것을 '꿈'으로 씻었다고 말한다. 그럴듯한 말이라고 얼른 생각되기보다는 당황스러움이 앞설지 모른다. 꿈으로 무엇을 씻었다는 말은 아직껏 들어본 적이 없기 때문이다. 그럼에도 불구하고 한 가지 분명한 사실은 그 '꿈으로 씻었다'는 말이 전혀 엉터리 같다는 생각이 들지 않는다는 점이다. 그것은 일종의 가능성에 대한 시사이기도 하다. 지시적인 언어사용의 입장에서 볼 때 전혀 논리가 닿지 않는 것 같으면서도 전혀 엉터리 같지 않은 것, 그것이 말하자면 시어의 애매성(Ambiguity)인데, 다시 말하자면 함축적 언어 사용의 묘라 할 수 있다. 엉터리 같지 않다기보다 오히려 기호가 대상보다 큰 '기호 〉 대상'의 현상이, 대상 그 자체에 대한 인식이라기보다 그와 유사한 어떤 새로운 생각들로 커지는 것이다.

눈썹을 깨끗하게 씻었다고 하지 않고, 왜 맑게 씻었다고 했을까? 이런 의구심도 '꿈으로 씻었다'를 읽고 보니 어쩌면 그럴 수도 있겠다 싶은 생각도 든다. 눈썹을 물로 씻으면 깨끗해지겠지만 꿈으로 씻으면 맑아질지 누가 아는가. 그러나 이 문제가 아무리 흥미롭더라도 이 이상 더 시시콜콜 따질 일은 아니다. 함축적인 언어 사용을 다시 지시적인 언어 사용으로 바꾸는 일은 결국 이 시가 바라는 바가 아니기 때문이다. 우리는 다만 꿈으로 씻어서 맑아지고 싶을 만큼 시인의 고귀한 정성을 느끼면 그뿐이다. 그나마 그 정성은 단 한 번에 그치지 않고 '즈믄 밤'을 반복한다. 즈믄 밤은 천 일의 밤이다. 더구나 이때 천千은 지시적 언어로서의 엄밀한 천이 아니다. 백보다 많고 만보다 적은 수학적 개념이 아니라, 그냥 많다는 의미일 뿐이다. 천이나 될 만큼 많은 밤을 반복하고 싶을 정도니까 하물며 낮인들 말해 무엇하랴. 밤이고 낮이고 쉬지 않고 그는 눈썹을 씻어서 맑게 만들고 싶었을 것이다. 그게 바로 시인의 마음이고, 눈썹의 소중함이다.

제3단계/ 심어놨더니

이만큼이나 해놓고도 시인은 사물에 대한 자신의 정성
과 대상의 고귀함에 대한 표현이 스스로 만족스럽지 못한
모양이다. 그것이 시의 욕망이다. 이 경우 시인의 욕망이
라고 하는 편이 더 적합할지 모른다. 그것 말고, 대상의 고
귀함에 대한 자신의 감각적 체험을 표현하기에 적합한 말
을 제시할 수 없기 때문이다. 이때 시인은 한 번 더 자리를
옮겨 눈썹을 어디에 놓을까, 소중함이 놓일 곳을 모색한다.

하늘에다 옮기어 심어놨더니

이것은 대상을 손질하여 잘 간직하고 싶은 욕구라는 점에서 일종의 점층적인 강조법이다. 화자의 정성을 확인하는 또 다른 방법이기 때문이다. 임의 눈썹을 맑게 씻는 것만으로도 일단 시인의 정성은 지극했다. 그러나 다시 잘 간직하고 오래 보존함으로써 고귀한 대상을 더욱 고귀하게 하고 싶은 정성은 또 다른 고귀함을 낳는다.

그렇다면 그는 그토록 맑게 씻은 눈썹을 어디에 놓아두었을까? 장롱 속에 숨겨 둘까. 서랍 속에 넣어둘까. 머리에 이고 다닐까. 호주머니 속에 넣고 다닐까. 그 어디에 두어도 다칠 것만 같은 불안은 떨칠 수가 없다. 생각 같아서는 꼭 마음속에 간직하고 싶었지만 그것은 이미 '내 마음속 우리 님'에서 한번 사용한 적이 있다.

마침내 그 시인은 '하늘'을 택하였다. 좀 터무니없다는 생각이 들다가도, 신성하고 안전하기로는 그만한 데도 없는 것 같다. 그 누구도 범할 수 없는 지고至高의 세계가 하늘일 테니까. 뒤이어 그 하늘에 '옮긴다'는 동작과 '심어놓았다'는 상태가 한층 더 견고한 정성스러움을 맛보게 한다. 하늘로 옮길 때의 동작은 틀림없이 받들어 모시듯 두 팔을 들어 올렸을 것이다. 그러고 나서도 혹시 바람에 날릴까 조심스레 '심어놓았다'고 하니 이보다 더한 안심이 어디 있겠는가.

왜
나
는
소
리
가
나
지
않
느
냐

제4단계/ 새가

이쯤에서 우리는 이 시가 끝을 마쳐도 좋다고 생각할지 모른다. 이만하면 시인의 고귀한 정성을 다 바쳤다고 생각되기 때문이다.

그러나 다음과 같은 이유로 아직 끝나서는 안 된다. 상대적 조응照應이라는 문제가 남아있기 때문이다. 지금까지 눈썹에 바친 정성은 시인 쪽의 행위에 지나지 않는다. 그 행위는 상대방에 따라 매우 정성스럽게 여겨질 수도 있지만, 경우에 따라서는 아주 괴벽에 그치고 말 수도 있다. 나의 행위가 상대방에게 의미 있는 행위로 인정받기 위해서는 상대방의 공신력 있는 이해가 필요하다. 내 행동은 주관적이지만 상대방의 평가는 객관적이어서, 주관적인 행위보다 객관적인 평가가 더 우선이기 때문이다.

글의 수사에서 이와 같은 상대적 조응은 회화繪畵에서 그림자를 설정하는 것과 같다. 그림자는 그림자 자체에 의미가 있는 게 아니다. 그림자를 드리우게 하는 햇빛과, 빛과 그림자를 대조시켜 사물의 윤곽을 부각시키는 데에 더 큰 의미가 있다. 마음속에 혼자 우리 님을 설정하고, 나 혼자 그 눈썹을 아무리 정성스럽게 받들어 모신다 하더라도, 상대방이 내 정성을 몰라주고 훼방을 놓는다면 그게 무슨 소용이 있겠는가. 바로 그 상대적 조응의 효과를 이 시인은 노리는데, 이때 상대역이 바로 '새'다. 새는 대상을 향한 나의 의지를 배반한다. 시인의 의지가 '하늘에 옮겨 심은 눈썹'을 다치지 않게 하는 것에 비해 새는 시인의 의지를 훼손하고 싶어 한다. 하늘 높이 날아서 눈썹을 위협할지 모를 존재가 새요, 그 새가 가벼운 날갯짓이라도 하는 날이면 눈썹은 금방 바람에 날려 버릴지도 모른다. 그 때문에 이 새는 다음 몇 차례 수사를 거쳐 다시 「동천」에서만 가능한 그 어떤 새의 독특한 이미지를 형성할 수밖에 없다.

　먼저 새는 대체로 연약하고도 아름다운 이미지를 갖고 있다. '새가슴처럼 떨다'의 연약함이나, '새는 그것이 사랑인 줄도 모르면서' 사랑한다고 말할 때의 사랑은 모두 새에 대한 일반적인 통념에 의지하여 나온 결과다. 그러나 「동천冬天」은 시인의 정성스런 의지와, 그 의지를 훼손하는 상대역을 설정하고 싶었기 때문에 '매서운 새'가 되고 말았다. '매섭다'는 '무섭다'와 다르다. '매섭다'가 행위자의 어떤 태도를 수반하는 데 비해 '무섭다'는 피행위 쪽의 태도가 더 우선이다. 매서운 새라고 말했을 때 그 새는 정말 하늘에 옮겨 심은 눈썹을 해칠지도 모른다. 더구나 그 매섭기가 어느 정도냐 하면 동지섣달을 날아다닐 만큼이다. 연약하고도 아름다운 새는 대체로 봄이나 가을 하늘을 나는 것으로 여겨왔다. 그러나 '동지섣달을 나는 새'라고 말했을 때 그 새는 억세고 강하며 지독해서 상대방을 해칠지도 모른다는 생각마저 든다.

동지섣달 날으는 매서운 새가

    그 점에서 이 대목은 이 시 전체의 클라이맥스에 해당
한다. 섬세하고도 정성스러우며 엄숙하기까지 한 분위기
속에 갑자기 남을 해칠지도 모를 매서운 새가 위기를 몰고
왔기 때문이다. 그것은 눈썹의 위기이자 화자의 고귀한 정
성에 대한 위기이기도 하다.

제5단계/ 비끼어 가네

그러나 그토록 매서운 새마저 시인의 의지를 저버리지 않고 뜻을 같이했다는 말로 이 시는 끝을 맺는다.

그걸 알고 시늉하며 비끼어 가네

시인의 의지와 새의 의지가 상반됨에도 서로 뜻을 같이했다는 말은 이 시의 핵이다. 그걸 알고 시늉하며 비끼어 간 주체는 새인데, 새의 지혜가 시인의 정성을 대신해 주었다. 그걸 알았다는 말은 시인의 정성스런 마음을 읽었다는

말이다. 그러니 내가 감히 어떻게 그 뜻을 훼방할 수가 있
겠냐는 의미이다. 그래도 새의 진실은 그것을 발설하지 않
았다는 데 있다. 말 대신 시늉을 한 것이다. 살풋 눈짓을 했
거나, 고개를 끄덕거렸을지도 모른다. 그것으로 서로의 뜻
이 통했으면 그만이고, 그러고는 살짝 비끼어 간 것이다.
다치지 않도록 눈썹을 비끼어 갔다는 말이다. 결과적으로
눈썹은 시인의 정성 그대로 잘 간직된 셈이다. 그것은 시인
의 의지이자 새의 의지이기도 하다. 그 의지는 서로 말 없
는 가운데 일치하면서 우리들로 하여금 세상에서 가장 고귀
한 가치를 감각적으로 인식하게 하는 것이다.

이상, 몇 차례 수사의 단계를 거쳐 태어난 시「동천冬天」
의 여러 조각들을 다시 모아보면 이런 모양이 된다.

> 내 마음속 우리 님의 고운 눈썹을
> 즈믄 밤의 꿈으로 맑게 씻어서
> 하늘에다 옮기어 심어놨더니

동지섣달 날으는 매서운 새가

그걸 알고 시늉하며 비끼어 가네

대단히 복잡하고도 추상적인 말임에 틀림없지만, 그러나 수사의 기교를 부리기 전부터 있었음직한, 다시 말해서 수사의 단계를 거치지 않은 상태의 골격만을 간추려 적는다면 원래는 이런 말이었다.

눈썹을	씻어	놨더니	새가	비끼어 가네.
①	②	③	④	⑤

이게 무슨 말일까? 문법적으로는 틀린 말이 아니니까 분명 그 뜻을 모를 리 없다. 누가 무엇을 어떻게 했다는 말인지도 알겠고, 그랬더니 그 결과 어떻게 되었다는 것까지도 알겠다. 말하자면 이 문장은 지시적 언어 사용으로서의 기능을 어느 정도 수행했다고 볼 수 있다. 그럼에도 불구하고 이 문장이 하나의 완벽한 글이 되지 못한 것 같은, 한 가

닥 미흡함을 금치 못하게 하는 이유는 무엇일까.

원래 위 문장은 '눈썹을 씻어서 심어놓다'와 '새가 비끼어가다' 두 개의 단문이 합쳐서 이루어진 하나의 복문이다. 첫 문장 ① ② ③의 주체는 '나(이 시의 화자 또는 시인)'이고, 두 번째 문장 ④ ⑤의 주체는 '새'이다. 이때 나와 새의 의지는 서로 상반된다. 우리 님의 눈썹을 다치지 않게 하늘에다 옮겨 두고 싶지만, 새는 나의 그것을 훼방할지도 모를 만큼 성격이 매섭다. 이때 두 문장을 잇는 연결어미 '−더니'를 주목할 필요가 있다. 당연히 내 의지를 훼손할 줄 알았더니 오히려 내 뜻을 알고 살짝 비켜 가더라는 것이다. ① ② ③ ④ ⑤는 하나의 짤막한 문장이지만, 그러면서도 나의 의지와 새의 의지가 겹친 상반된 두 개의 문장으로 되어있으며, 그나마 그 상반된 의미를 화합의 의미로 살려 낸 탁월한 사례가 되었다. 수사修辭가 언어의 완벽한 의미전달을 위한 노력이라는 점에 비추어볼 때, 어쨌든 위 짤막한 문장은 화자의 의도가 무엇인지 더 알고 싶은 구석이 많은 문장이며, 그래서 더욱더 적극적으로 확대 검토해 볼 필요가

왜 나는 소리가 나지 않느냐

있음은 당연하다.

　노력의 일환으로 지금까지 검토한 사항들을 다시 수사의 전개에 따라 순서대로 정리하면 이런 구도가 형성된다.

(가)		(나)		(다)
① 눈썹	→	곱다	→	내 마음속 우리 님
② 씻다	→	맑다	→	즈믄 밤의 꿈으로
③ 심어놓다	→	옮기다	→	하늘에다
④ 새	→	매섭다	→	동지섣달 날으는
⑤ 비끼어 가다	→	시늉하다	→	그걸 알고

　배열해 놓고 보니, 딱히 규칙적이라고 할 수는 없지만, 다음 몇 가지 수사의 요령을 알겠다.

　(가) 항의 '눈썹' '씻다' '심어놓다'는 대상이나 동작을 구체적으로 지시하는 언어다. 이어지는 '새'와 '비끼어 가다'도 마찬가지다. 더구나 '눈썹'이나 '새'와 같은 보통명사에 '씻다' '심어놓다' '비끼어 가다'와 같은 동사가 연결될 때 그

기능은 보다 확실해진다.

(나) 항으로 이어지는 제2단계 수사를 보면 그 의미는 일단 굴절되어 나타난다. 특히 형용사로 수식되는 '눈썹-곱다' '씻다-맑다' '새-매섭다'의 경우 '곱다' '맑다' '매섭다'의 정도가 어느 정도인지는 아무도 짐작할 수가 없을 정도다. 단지 확실한 것 하나는, 그러한 형용사에 의해서 수식된 대상이 보다 확실한 의미로 우리에게 부각되었다는 사실이다. 이때의 확실하다는 단순히 구체적이라는 뜻이 아니라, 그 의미가 보다 크고 다양해졌음을 뜻한다. 요컨대 '언어 〉 대상'의 함축적인 언어 기능을 의미하는 것이다.

(다) 항으로 이어지는 제3단계 수사를 보면, 언어의 함축성은 더 확대된다. 그것은 '마음' '님' '밤' '꿈' '하늘' '동지선달'과 같은 추상명사에 의존되어 있다. 구체적인 언어에 의해 구체적인 의미가 제시됨은 말할 것도 없다. 그러나 이런 경우는 (가) 항의 구체적인 언어를 (나) 항에서 추상화하고 다시 (다) 항에서 더욱 추상화한 셈이다. 그러나 이때의 추상화란 말도 단순히 그 어의를 애매하게 한다는 뜻이 아

니라, 보다 함축적이도록 한다는 의미에 가깝다. 이때 눈여겨볼 것은 (다) 항의 수사가 다만 (나) 항의 의미를 제한 또는 확대하는 것만은 아니라는 점이다. (다) 항은 (가) 항으로부터 (나) 항까지 오는 동안에 굴절된 의미, 바로 그것을 다시 굴절하는 것이다. 그 결과, 처음에 가장 구체적이라고 믿었던 눈썹은 그 말 자체만으로는 구체적일 수 없음을 알았고, 다시 (나) 항과 (다) 항과 같은 수사적 단계를 거쳐 비로소 완벽해질 수 있음을 확인하였다.

같은 방법으로, '눈썹을 씻어서 심어놨더니 새가 비끼어 가네'는 각각 (나) 항과 (다) 항의 수사를 개진함으로서 하나의 완벽한 의미를 형성한다고 볼 수 있다. 본래의 수사 단계는 (가) → (나) → (다)의 순서였다. 그 평서적 서술을 (다) → (나) → (가)로 바꿈으로써, 이 시가 거두는 효과는 다시 구조적 함축성을 노리는데, 그것은 의미의 확대가 그 언어 구조에 의해 형식적으로는 축소의 효과를 얻는다는 점에서이다.

'눈썹-곱다-내 마음속 우리 님'은 확대에 해당하지만

'내 마음속 우리 님−고운−눈썹'은 축소에 해당된다. 그러나 이 경우 축소 또는 확대란 다만 대상의 가시적인 크기를 두고 하는 말이지, 의미 그 자체에 해당하는 말은 아니다. 내 마음속 우리 님 가운데 눈썹은 아주 사소한 부분 중의 하나로 축소된 것이지만, 오히려 소중하고 고귀하다는 점에서 보면 확대를 의미한다. 「동천冬天」이 노린 것은 바로 이와 같은 축소 형식으로부터 확대 효과를 얻을 수 있다는 점이다. 이와 같이 작가의 의도를 정확하고도 충분하게 발휘할 수 있는 언어 행위, 그것이 바로 시詩의 수사이다.